大雅
为一种品格注脚

姜涛,诗人、学者。1970年生于天津,1989年考入清华大学生物医学工程专业,后弃工从文。1999年考入北京大学中文系,攻读中国现代文学专业博士学位,毕业后留系任教至今。1990年代初开始诗歌写作,出版有诗集《好消息》《鸟经》等多部。写诗之余,从事诗歌批评及诗歌史研究,出版有《新诗集与中国新诗的发生》《巴枯宁的手》《公寓里的塔:1920年代中国的文学与青年》等。曾获"刘丽安诗歌奖""十大新锐诗歌批评家""全国优秀博士论文奖""汉语诗歌十佳诗人""现代诗学研究奖""《诗东西》诗歌批评奖""唐弢青年文学研究奖"等荣誉或奖项。

大雅诗丛

洞中一日

Dongzhong Yiri

姜 涛 — 著

广西人民出版社

目 录

第一辑　厢白营（1994—1999）

- 003　一个孩子
- 005　天涯
- 006　图书馆前的桃花
- 007　厢白营
- 014　信纸边缘的附录
- 018　旅行手册或死亡札记
- 025　黄昏颂歌
- 027　京津高速公路上的陈述与转述
- 035　黎明时的悔悟
- 037　卜居
- 038　秋天日记（节选）
- 048　浴室
- 049　为一个阳光灿烂的世界末日而作
- 051　民间批评家
- 053　编辑部的早春

055　与班主任的合作
058　装修与现实
060　夜色
064　马背上

第二辑　鸟经（2000—2006）

071　爱的坦白（或民主作风）
073　消费内涵
075　情人节
079　梦中婚礼
081　灭火
083　即景
084　家庭计划
085　另一个一生
089　生活秀
092　内心的苇草
094　临睡前
095　伤逝
097　鸟经
099　富裕测验
100　网上答疑
102　送别之诗
104　中秋

106　四周年

109　高校一夜

110　高峰

113　夏天的回忆

114　矫正记

116　饱暖

第三辑　好消息（2007—2011）

119　一个作了讲师的下午

120　教育诗

122　夜会

124　重逢

126　桂河桥

128　我们共同的美好生活（节选）

136　Puppy

137　乌兰巴托的雪

139　周年

142　晚间述怀

144　论公与私

146　尊重

148　小憩不能永昼

150　包养之诗

152　幸亏

155　空军一号
157　少壮派报告
158　在恒春海滩
160　海鸥
161　国富论
163　野迹海滩
165　池袋
167　好消息
169　宅男
171　学术与政治
173　飞行小赞

第四辑　郊区作风（2011—2017）

177　郊区作风
178　草地上
180　夜行的事物
182　病后联想
183　蛇形湖边
185　"小农经济像根草"
187　为整容后依然获捕的刑事犯而作
190　家庭套装
193　菩提树下
196　洞中一日

199　预兆

201　石窟

203　"诗歌节"后

204　在酿造车间

211　茅山二章

215　新竹微凉的夜风中

217　拉杂印象:"十年的变速器"之朽坏?

227　窗外的群山反倒像是观众

242　后记

第一辑　厢白营（1994—1999）

一个孩子

一个孩子　一个见到往事的孩子
一个失望的孩子　拿着灯火
走过暗影和葡萄园

一个胆怯的孩子　比三代单传还普遍的
才华　走在夜路上
从一个瞬间　走到另一个瞬间

他四十岁的父亲在汽灯下写作
他美丽的家乡比书籍还要昏暗
一个孩子　一个木匠或教师的儿子

从图书馆走到邮局　从一堆紧张的
石头间穿过
一个九岁的小中国人　在黑夜里

留下气味和形式
三岁恋爱　五岁纺织
七岁八岁学习航海和造句

九岁拿起一盏灯火　走在两种事物间
拿着更多的方向
在他四十岁的父亲面前

在他美丽的家乡　空旷的祖国
一个孩子　拿着灯火在夜路上
究竟　能走多远

1994.6

天　涯

有谁能把我带出十月
不动声色，如同带走一团
肮脏的红色。太阳是个斑点
劳动让人柔软
请把音量调小，当肉体
被啃光，齿痕留在了余粮上
谁会把剩下的形式带走
像带走一小把火柴的梗
焦黑的、没烧完的
在郊外的公路上，看小鸟
不断在补充燃料
不断吃阿司匹林
这是怎样的幸运，医治
是无效的，唱歌是费劲的
谁又将"天涯"
像一匹白马，萧萧叫着
牵离了我身边

1994. 10 / 2015. 8

图书馆前的桃花

图书馆前的桃花注定又要开放
历尽虫蛀和赞美
仿佛一本本过期的小书
被自行车的铃声,翻到了最后一页
抬眼望去,你在窗子上
映出的脸,是比往年诚恳了一些
但树叶之间如果偶然露出
往事鲜艳的内衣
你还会逃开
满面羞惭站在 10 米开外?
"是谁安排了这次会面"
投币机上站立的小鸟儿
不能回答,花神忙于应酬
更不屑于回答
桃花注定开放,与此有关的知识
正在书库里轻轻澎湃

1995.4

厢白营

一

不是听凭鸟儿的引领穿越密林和往事
不是这支粗大笔尖下渗出的地基　院落　虚构的门牌
春天曾探出瞪羚般的舌头舔湿我幽暗的面容
又跃向远方　不是凭借她轻盈的眼神
我才得以进入厢白营　这对话与隐喻之地
告别与诋毁之地："我渴望吃到时令蔬菜并渴望
能和前世情人相遇。"据说在首都
偏僻的心脏　曾有一个亡灵划着了一根火柴
他身后的大陆顿时灯火全熄。"而我只是在暗中　搬动了一
　　个词"
像一个醉汉跌跌撞撞碰翻幕后的一把椅子，
舞台顿时灯火通明："这是另外的村落
你与我　我们复活了两种时间"
当星斗如蒸汽升入苍穹
更如那消散了的朗诵　一场大梦方醒

二

阳春三月　田园不芜　悲剧诗人到远方度假
厢白营沐浴自然的光辉而不被修辞照亮
"转过大墙就可听到另一个世界的福音广播"
书籍散落的地方　村民们自称是诗人的好邻居
哦！万物在生长　微风中众生的悲恸也稍有减缓
记鼠类也拥有灵魂　让肉体脱去棉衣
"自由自在成为一只并不存在的燕子"
正午两点的安宁中　隔壁的文科大学生
正吃力地读到一本主角亡失的《亡灵对话集》
"没有人能目击两种平行却又相交的时间"
而郊外的车马川流不息　追逐着各自的影子
"这是一个好天气！"一只小马达在天空下唱出
天真之歌："厢白营　厢白营　一次前途未卜的阅读"
小煤屑路上一个亡灵曾青衣小帽诗意地踱步

三

难道你不曾为一本书的注脚所打动　它拆开乡村和典故
标出一处昏暗的琴房　放出一只飞过午夜的猫头鹰
难道你不曾在书桌边坐立不安　将下半生投入邮筒
使迟开的桃花成为一份秘而不宣的地址
而这是中国的村庄　被旅行指南和市场经济忽略
难道你不曾感到生活的剧痛　渴望衰老　被爱情忽略

在雷霆与早晚的罅隙间等候一只擦伤内脏的燕子
将梦中的邮件从秋天带回　难道你能否认这一切
在厢白营　被遗忘的儿童已先后长大成年　午夜时分
一只苍蝇拎起一眼水井来到了他们每一个人的床前
水波中它巨大的足踝宁静而纤细　"啊！"
一个亡灵正掩面坦白："我也曾是一个伪装不幸的人"

四

仿佛小说湿润的开端　终会有一个亡灵回到厢白营
神色木讷地变作一个读者　或如一件雨神穿旧的上衣　随暴
　　雨而至
在黄昏的信箱中你会发现一支火把　此时你的情人
也会投入别人的怀抱　在厢白营　每一个人
都在微小的国度里扮演过君主　膝下的妻儿摇曳如
　　晚风中的雏菊花
但当大门紧闭　往事一再发生　燕子也在梦中混淆了
银色尾翼与寻找鸟王的航路　终会有一个亡灵
一个不会说拉丁语的但丁将一部身世倒背如流
"我曾是田庄的主人　拥有天鹅　水面　女人倾慕的年纪"
"我曾将一只小马蹄铁挂在腰间"　厢白营　多少旧日的肩
　　胛骨
飘荡在你的小街上　"不要再回避了"　他说
"因为我曾隐身门后　看到了你稿纸上的空白
看到了你独自一人时的行径"

五.

一场春雨能否将这苦闷化解　　你抬起头
镜中的脸颊已与一千个亡灵相仿
枝头吐出的黄金曾被误认为"大自然的初绿"
而深夜里雨声噼啪　　仿佛一张旧唱片上
传来一场遥远的交谈："书籍给了我阳光
上帝却给了我黑夜"　　一个图书馆长首先开腔
"但与生活相比我总是慢了半步"　　其次是一个
月下的长跑者紧接着答话　　"渴望消失的是道具
是台词　　不是我"　　一个失业的悲剧高声争辩
"不要再隐瞒了"观众们异口同声：
"你曾打开房门容留了一个不存在的女人"
雨声转为淅沥　　这场交谈也渐渐消散　　最后一个
独白的只能是你　　在春雨中和炊烟一起衰老
"我所梦到的诗歌必将是桃林中一架崎岖的天国自行车"

六.

上帝的气味弥漫在厢白营　　当一对恋人彼此割开皮肤
当一个老裁缝借助窗子里透出的夕光
将一枚针尖上的天使仔细辨认　　南方的雨季中
一小队汉字正在捆扎绑腿　　准备星夜赶来　　亡灵们在北方
早已兴奋不安　　你书桌下的双腿会最终与黑暗融为一体
"我将肉身当作白杨　　投射在你灵魂的墙上"

一个女主人公在花园里如是说　小说第七章
男主人公却在厢白营写下悲剧
燕子的忠诚　因而受到普遍怀疑。"一场大雪是否会照旧
　　落下
我们还能否诵读诗篇　在宁静中哭泣"
那些被春天牵回的狗　已退缩成屋角肮脏的雪
向着虚构的敌人吠叫"在第八章你能预知命运吗?"
上帝的气味弥漫在厢白营　当一对恋人看到对方瞳孔中的
　　自己

七

"在欢乐的尽头疲倦了吗"星空遥远如烧伤的人脸。
攀爬　躲闪　退缩　激情淌出致命的钩子
一个小孩儿曾在大气中摸索他迷失的双亲
被一束手电光牵引　一只墨水瓶也正乘风漂过了大海
"你找到的家门也是白杨的归宿"　在厢白营
有人谱好了哀歌　有人在床下埋藏了金银
有人解开情人的发辫、裙带　有人在匣子中卖弄着口才
无边的夜色中只有你的胃部在轻轻歌唱　像大海上一个
落难的女王:"欢乐终有尽头　荣辱止于一身"
鸟儿的长发　灰白的江湖　十二盏渔火　十二句散乱的诗行
十二只假寐的眼　厢白营　永远与我相隔十二个街区的人间

八

怎样的角力　当一个人与时间对峙　一条毛巾也会在屋角
拧干周身的海水　暗中的雅各也认出了对手
那不是一个越过田野的大盗　也不是一座被窃光了露水的
　　马厩
月光打开铸币厂的大门　将不属于任何人的银币同样撒入
富人的钱箱和穷人的诗篇。怎样的角力
一场看不见的搏斗抛出鲜花　看不见的手腕渗出目的
又是那个小孩儿只身来到厢白营　举目无亲　贸然闯入
亮出被春天踩坏的左手　"我渴望参与白银与黑铁的交谈
我渴望跨越门槛　汉字却是一个哑默的接线员"
他茫然不解　求助于书橱上的燕子："我已查阅典籍
这场角力不适于生者参加"　恰巧此时
晚风送来一部电话和一份桃花阵亡的名单

九

当哀歌或朗诵接近了尾声　不要再哀悼什么了
那些炉火上的鸡蛋还未从混沌中生出　懂得哭泣
一座村庄也还未被经验　居民们已如昨夜的灵感
纷纷地离开　不要再暗示、揣摩以及更正什么了
窗外一只小鸟击打树干，像一台打字机打下一份早春的遗嘱
作为一个微小的赞美者："我能继承什么"
一行无人理睬的诗探出袖珍的头颅

"我拥有隐喻的双唇和转喻的翅膀　却从未飞翔"
抽屉深处　微小的灵柩正被春雨抬向阅读深处
"不要啊不要"一台老式留声机搁置在厢白营
"不要将蔚蓝的星球放在我的静脉上"
如同一根唱针过早催动即将崩溃的早春

十

"最后　让我们道一声晚安"幕落时总会有一个死者从乐
　池里
重又站起　局促不安等待大地上稀稀落落的掌声
继续用夜莺的口吻安慰自己："怀疑啊怀疑
我命运中的一块水晶"　当一次次阅读被深夜的造访打断
当飞过书橱的燕子反复溺死在一个梦中
我也伏案熟睡了吗？——
怀念一对乳房，像怀念果园外一双秀美的门环
"无人叩响这个时刻　无人跨越门槛"
白银与黑铁的交谈已铸成了一条舌头
说："你在黎明出门　迎面会碰见燕子的预言：
'厢白营　厢白营　小麦带来诡计　爱情带来不忠
出门是一个生人　归来已是一个亡灵'"

信纸边缘的附录

> 然后,你回你的小屋,我背向你转身回你的宿舍,接下来你的那一段路程我不知你走了多久,但我想那一定是你在春夜里最为典型的一次行走。路途中大约没有人拍你的肩膀。
>
> ——摘自友人书信

一

这个春天雨水很少
穿白衣的房产管理员们在街角
隐身不现,散发着文具的气味
五月一场纯真的排字练习
并非一个人
在黑暗的深水中摘下呼吸器
眼眶因酒液而红肿成
一对括号

"苦难苦难",盲眼的房东
在隔壁使用年迈的器官

二

当今天陈旧如明天
站在耳朵里的天使,小声嘀咕
"至少语言是最后的宇宙舱"
抒情作业还未写完
传统的正义也未伸张
新开张的酒馆,同样灯火未熄
数字、象征、银河边上休息的斑马
以及床前的一只人形灯具

"语言是最后的宇宙舱"
你有权仰望星空,你有权不合时宜
但它,"至多是一只孤独的推进器。"

三

"不可做得比往日更出色"
一个勤快的主编
完全听命于鹦鹉的诗篇
"不可纯粹爱一个人
不可比天使睡得更晚"
月初起舞,月末斋戒
他伸手将一盏电灯
拉近昏暗的抑扬格

一盏五月的电灯
被大洋两岸的人同时拧亮
朗照着情人们
护照封面一样的身体

四

反复曝光。五月按下快门
忧伤的裤缝、晚妆
田野里翻滚过一架钢琴
形式、韵律和反讽的仓库里
还躲着一位新娘
朋友，今晚没有一个人要被欺骗
挑灯阅读普希金

我们的照片，却在书架上翻卷着
如一页亚德里亚海十九世纪的波浪

五

深深的厌倦，药锅里煮着野味
野鸟入室，你窗外的暮春
已布满深沉的矿物

"这个地址已经作废"
信使将在午夜离去。

掀开一千重的帷幕
广大屋中,只有一张脸
面对名词,面对绵延无尽的勇气

深深厌倦,五月被一只手抄写
人生被一位肥胖的女神梦见。

1995.5

旅行手册或死亡札记

> 因为智慧是死者的财产
> 是同生命不相容的某种东西
> ——W. B. 叶芝

衡　阳

大雁也会调头他顾,脸上冒着蒸汽
用一列单调的嘴喙撞击城郊的水塔
又被大地上的界限轻轻弹回

"看不见的主题耗尽了油料",铁桥下
一名绿衣邮差探出的鼻子,却嗅出了
乌云腋下的往事。作为黎明、诗艺

和年轻的见证,从灰烬里升起的人
曾说:"死亡的确是一门艺术"
即使它很蹩脚,而且不合时宜。

无人光顾的小城,闷热迈不动两只缠足

的家乡,一个人坠落而亡
十二米高的短暂,被光线打掉了睡帽

挥霍大气中朦胧的尺度,他的头
终于如一叶小齿轮卡住了暮春时分
所有星球的裸体公转、时间、场所、天气

他的头,终于枕上了伯利恒的门槛
而山坡会向公路两边奔去
让一个时辰中的婴儿,听到高空中

由远及近的引擎声,仿佛敌国空军
突降在梦中的插秧演习
天光在大亮,生活在进行

小学生整装待发,漂亮的小脸
疲倦如山水,街头的警察
像站在银幕里,为另一个世界

指挥交通。爱。被绞杀的仕途。
"茶还是咖啡"包厢内有分寸的亲昵
一场小雨终于从名词之中脱臼成

一场清凉的灾难。即使"死亡是一门艺术"
它也是无边现实的一枚针剂
被推入大雁锅炉一般的思维中

或许它们飞起来,就是为了撞向
玻璃一样的云层,让守门人
听到春夜里的那一声钝响

"那可是水泥门槛"
在这里,没有什么物种比候鸟
更易厌倦漂泊

长　沙

句法的跳跃,已扰乱厌世者的厌倦
进入想象之先:这个城市已被诸神影射
一条大河在暗处左右逢源

电力使万物亢奋,高桥上乘凉的人们
为禁药所苦。"你总会在此时醒来"
在楼上飞翔,呕吐,无法根除

使用形容词的恶习。十二米高的夜空
适于抛物练习,"你却为了一个女子,
太不值得!"她肿胀的四肢在婚姻中

已睡熟如被丰收窒息的省份
大地黯淡无味,勾起了胃病患者的厌书症
"绝望吗?无法减掉的脂肪吗?"

你面色如漆，身体送出，摇摇晃晃
如同一架被阳台平端的纸飞机
"我们之中没有人死过"，你继续说

从经验尽头领回一只暗绿的小钱箱
忧伤不可抗争，绝处也不能逢生
看不见的纺轴，抽去了最后的线索

留下了蜘蛛和梦遗由一人承担
那张纸币上的巨额黑暗，仍无法兑换
好了，死去并非憾事

微风掏空了造化的内心
夏夜，如一面幽蓝的穿衣镜
映出了你下落时，唇角的笑意

一片枫叶回到山谷，一尾鱼
落入深水，现实主义者营造的停车场上
死神的车辆，扯下尖尖的幕布

散着清香，不为人知

北　京

朋友消逝如花卉，毕业时的闹剧
幸而成真：你前途平整，针脚细密

万里征程,只少了一只说破内情的风筝

在宽阔的书脊上起飞、降落和滑行
同属于一个动作的引申义
"你只是错乘了一班飞机"

我们的手,会在架上触到一本书
好像突然攥住另一只手
你的手吗?习惯于模拟云雀的晚祷

天竺葵后,还是那一对小人儿在偷情吗?
四环路上明星死于车祸
歌舞厅内,砸烂的唱碟,满场星光熠熠

站在暗处,饮水、小便、留下你的可能性吧
传记作者剃去腮边的书信体
却发现,悲恸的女同学忘记了节食

小鸟在首都已侧转臀部,将心事
说给旁人听。书案尽头,一场暴雨
正洗净一座空城

"这已不再是祖国的心脏"
人们已撤走了布景,让后来者重新打量
这饭后的场景:一朵云曾来到其间

夺走了一个人，还拿走的韭菜
蛋白和他的消化，但忘记了把椅子带走
"我们曾坐在上面交谈"

戏仿两位科学家，彻夜谈爱因斯坦
还有谁会从上铺跳下——"你要去哪里？"
当热烘烘的祖国已在不同的省份

扯亮了电灯。

冥　土

花朵低垂，麻雀们纷纷在外省
婚媾，云端里的贵妇将衬衣烫好
第一批早产的婴儿，也顺利通过鬼门关

衡阳、长沙，到此刻臆造的北京
一切安好，阳光普照在盥洗室里
你也会获得安慰，像枯叶蝶一样

在地下双手合十
说："主啊！死去之后
原来万事并非一场虚空。"

还有谁在哭，在教室里
无缘无故地脸红，习惯了用铅笔写作

那场被橡皮擦去的细雨

会不会洒在一个新人的头顶
"这无法偿还的恩惠,何其富有"
一个落魄诗人,在斑马线上朗诵他的账单。

这无与伦比的结局,一些不三不四的小城
又相继被旁若无人地撑起
你也终于变为光线、雨滴、邮政

看到时间和空间的双簧表演
"喂,老朋友,谁会来与我共进晚餐"。
在深深的矿坑里品尝罂粟

谁的双肩会燃烧如木柴
涉过秋天的大梦,被一个未死者擎着
照亮了深海中塞壬的歌喉与美貌。

1995.8—9

黄昏颂歌

天色转暗,英雄似乎从未死过
这一切基于光线的知识
视野轻轻推移,词语裹挟
温热气息。脚跟再踮起得高些
就能够得着一些明亮的果子
一个学童呆立树下
惊讶于事物周边流下的黑暗

他会让一个词卡在嗓子眼里
但说不出来的隐秘
始终没什么重要的,像饭厅里厨子
饶舌,带一点汗酸味
也挺好,从喉咙到消化
漫长的白昼
已吹罢了我们体内幽暗的甬道

然后,草地上的阴影
迅速转为深绿,像一桩陈年旧案
中的血迹,这暴露的色块
使人惊愕的艺术,而头顶的声音

是来自树梢的喧哗

还是一座审判庭,正被云朵打扫

1995.10

京津高速公路上的陈述与转述

一

在寡居的主语与燕子的哮喘间一条公路
像无法抽出的书签　终止了手指
对一部航海图志的渴望　关于斜体字的脚注
请去求教加油站背后的枫树林
关于肝脏深处一味草药的发迹史　请去追问
去追问那被劈成了干柴的木板印刷术
一字千金的时代诗人也曾允诺要做一名好厨师
一位好父亲或一个好的杂技演员
但当蹩脚的排比练习仍需补充某种激情
那么就让一个人　遇上一次短途旅行
仿佛邮车的绿漆前额遇上一场蒙蒙细雨
又仿佛那只不断援引农产品的手
最终被一封压低喉咙的鸡毛信所替换
汽车已发动　生活来路不明
城市终于从磨光的肘部露出粗大的郊区电网
你知道　冷却器中
上帝的小便与一支魔鬼的手套也将被同时煮沸

二

前方。寂静的无人称叙事。柏油作为基础与欲念混合
使大地上凉爽的事物均有些神秘
合作化时代的播种还未进行　一座养鸡场
却以享乐主义者的身份拘谨到场
土壤坚持着海浪被赞颂时的造型
而被劳动节省下来的读者　终于像吸干了水分的白鸽
可以自由出入众神的书房
充当窃贼　牙医或管子工人。多么精彩！
《物种起源》中虚构的时刻正被你经历
巨大的灵感却来自一支搁在十九世纪的鹅毛笔
（它也感受过夜色的无垠与一株椿树的性苦闷）
虽然古典主义者会如是说："心灵的全部功能
在于影射一次旅行"——从此地到彼地
免费加油　去造访一只可怕的知更鸟
你却只是等待一个转折词　钴蓝色火焰中
一个忧愁的喷嘴　将天使的口吃焊接在唇边
"我该怎样——怎样和蝴蝶夫人一道安排我们的下半生"
在私生活的独白中拒绝流水与食盐的氛围

三

如果轻颤的引擎声中也有政治抒情诗的格律
那么终会有一些钝角左右了旅途的感受

眩晕　麻木　肋下紊乱的电磁线
你背部瘙痒的地质学，等待一只小鸟的勘探
膝关节内的往事也时时受到压迫　然后
如谷仓里的洪水那样舒张开来
让你懂得　一些醉汉的肥胖不应受到指责
他们依据阴影计划下一天的信仰
公共生活与个人癖好，虽然由长句和短句在划分
但想象力的 DNA 早已决定一个人必将在桃树和杏树间抉择
这些充斥于土地的后宫嫔妃"哪一个更为完美？"
只要暴力使田园明净
只要福音最终变为邮件里多余的墨迹
历史怀疑论者也会说："此次旅行必将抵达终点
在暮色中见到古都的墙垣"
即使对大海的敬意　曾使笔尖感到春寒料峭
汽车毕竟代替了徒步　书写代替了意淫
命运是一只愈来愈轻盈的布袋
从粮店到酒店　使低飞的长老们轮流感到了荣耀

四

两个公社间必有生产力相隔　拔去人烟的
旅行图上两个黑点间　必有人性浪费的余额
不知一枚硬币能否从中获益　当它从手中滑落
又如回声一样消逝于电话局半价收费的山谷中
两个学童中必会有一个伸出履带状的舌头
向天使告密　两段韵文间也必会有一只麻雀站出来

结结巴巴地为自己辩解:"是饥饿盗走了
我们对粮食的负疚感。"但小雨推迟了判断力
使气流在两个城市间颠倒成平原的失眠症
从此地到彼地:一辆汽车　一个被打湿的陪审团
"一只苹果将何处容身?"在两种不相干的秩序间
将此身轻许给林中暴露下体的牛顿定律
还是恰恰相反:选择一个隐喻安家落户
穿过《地狱篇》的解读去会见一个
小个子佛罗伦萨人。无奈何?
是距离导致两个动词在春阳下决斗
是二元论的研究中,一个寡妇又萌生出渴望
对于乘客来说:一切如其所是
这边是车窗上扁平的自我　那边是微微发福的地平线

五

车至杨村。中途休息时你将获准下车
散步　排泄　或寻找一只蝴蝶交谈
昏睡早已将一段对话改写为耳鼓内
一片阳光明媚的晋察冀　也使乡村的内衣
隐约露出一丛牡丹朦胧的病史
"没有神话的土地能否引起编纂爱好者的青睐"
当故乡接纳了远道而来的垃圾
河流通过排水管道注入杯中
那个老武工队员会不会依旧定时起身
在平原省份与大脑沟回间用枪声和鸡鸣

阐释理想　并将每一只途经的飞鸟
都当作一个信封打开　发现
今年寄自天堂的雨水依旧稀少
(会不会有这样一个人　在农贸市场上举棋不定
会不会有这样一个孩子　为了一本连环画耽搁了一生)
而汽车已至杨村。天边渐起的雷声如同一位母亲
推童车走过　随后而至的闪电也脱下回忆录
丢给我们："作为对生活的报偿"
那只即将从写作中告退的燕子
你的薪水将会被拖欠到历史深处
此时　炊烟四起的杨村却像旧期刊的末页轻轻卷起

六

当旅行把长路吹得又昏又暗　一个号手的余力
在车窗上猩红闪过　那些未曾注册的云
伪装成一座座拖长尾巴的天空补给站
将脚踵般密集的雨点装入我们头顶　轻轻晃动的储蓄罐
乘客们在熟睡　半张的口中　有一支花鼓乐队
进进出出的彩排　而当一支祈使句悄悄到来
撒下雨水　碎屑以及施洗者的体臭
哪一种陈述会唤醒腋下的条条矿脉
又有哪一种转述会引来涓涓勇气
"作为对生活的报偿"　座椅下面　未曾开工的冶炼厂
飘出了稻米和菜花的清香
似乎大地轻松的制版　错排了这一节

让一个暴发户知道了乡村女教师的心事
你望着后视镜里的世界：小雨中的精力
犹如披着浴巾坐在马桶上读报的海神
只有紧急刹车才会使其现出真容。这些阴郁的肉身
怎能抵御来自前方的一击　他们会纷纷醒来
咽下口中黏液状的憧憬　或者
如块根植物那样陡然忆起史前公社的横断面

七

漫不经心的男低音细棉布般擦拭窗上的雨渍
对麻雀的问讯也已中断　车厢后部是提早到来的
晚餐时间：阴天雨湿　只有食欲才能烘暖想象
富含有机质的提问与反驳："我们调情只是为了替真理
清场　如同布满餐巾纸的大气中　小鸟的嘴喙
在追踪一条心灵的等高线"
而你厌恶的连续性　夹杂在古龙香水与乐之饼干间
不断划分了生理　机遇　气质的岛屿
使仿皮座椅上凹陷出时代的窄臀风格
使本地少女的美貌　被外省方言笨拙撩起
也使祖国　成为一碗无法平端的水
将一本字典在雨中颠倒来读　"哪一个是开端
哪一个是结尾　并不重要"　每一个人
都会听到体内一台打字机嗒嗒作响
一架纺车在风中的空转
将不相干的动机织成经验的斜纹布

"我是诺亚　一块大饼干上获救的诺亚"
谁作为天使的副本坐在我身边　鼻翼间吹出
愉悦的调子："的确　我们坐在一起像一个哲学难题"
放屁　打鼾　消化系统的Ａ小调
"的确"小脸的帕斯卡尔不无猥亵地说
"克莉奥佩特拉的鼻子　如果能生得　再短一点……"

八

飞逝的影像沾满了橡胶的气味　世界
在一个初学者的速写本上　涂改她潦草的更年期
一个瞬间推翻上一个瞬间的假设　仿佛
多米诺骨牌蜿蜒的悲恸　正从生活的尽头急速涌来
或许你的笔短小如一柄腿骨不足以描述这一切
"置身其中的人有福了"　他们将公路上的过客
看作水瓶底部转瞬即逝的渺小风暴
并且用插科打诨　保持了一片麦地钢琴的音质
"未经阅读的历史　只是印字车间里的肺病和轻喘"
但当一些未被删节的正文送回民间
一个路不拾遗的农夫正把其中一段炫耀于唇上
他遗落的烟嘴也被一只燕子在乌云里反复叼取
此时　或许还有一位土地丈量员　感冒未愈
将手指竖成一架风速仪　试图向世界讲述什么
"——目击的名词：长途汽车
本义：奔波于两地间的交通工具　生产于旧时代的中国；
引申义：目的论者的写作　语言与玫瑰间的指涉

从此地到彼地　不断延伸的状语补足语……"
而天边那玫瑰色张力是否构成了他身后
另一只藏匿已久的燕子　迟迟不肯开口的缘故

九

1996年　狗的凶兆　星座和体力都呈颓势
你看到车窗上一场未经排版的雨
经年不息　前方灯火阑珊的大街上
盛年独居的首都正在寻找着她的意中人
将烟火掐灭　再将身边的财物清点一遍
或者闭目养神　将布满孔穴的意识向前或向后
再延伸片刻　"你就会听到一片叶子背后整个春夜
沙沙的笔迹"　你周身的电力设备也会被
一只来自上方的手拧亮　照耀灵魂的滑稽剧：
泥土作为一笔产业　正流通于抒情诗作者
与国土局的交易之中——扭曲。打结。延伸。
两个小时的旅行像消化来到了直肠
雨中发亮的收费站　如同烤鸡吃剩的骨架
"这集体的一颤来自底盘　悬空的片刻也使巨幅广告
崩溃为另一种暗示："这里是北京　傍晚七时
多风多雨的灵薄狱时间"
从此地到彼地　似乎只有大海化身为一瓶墨水
怀念曾有的笔误　似乎只有一个孩子
在偌大的洪福中像羽毛那样轻轻感到了恶心

黎明时的悔悟

黎明的雨,由具体到抽象地下着
雨里的街区也像一盘棋
由晦涩逐渐明朗。小饭铺里
早起的新疆人串起羊肉
鲜红的组织,你掌中安宁的国度
也将一个个被唤醒
这是梳头的时刻,是刀子和叉子
把什么平分了的时刻,是一支钢笔
将大海用得一滴不剩的时刻
名字叫"亚茹"的少女睡在你身边
这是她故乡的葵花
在发电厂外感到羞耻的时刻
她的鼾声时断时续
使卧室也像一艘潜水艇
在昏暗中游动,在梦中
她可能碰到了桌角,痛苦呻吟
也可能想起未交的学费、房费
"为难的事情,总是还有很多"
这与飞逝的雁群无关
与远方港口响起的汽笛无关

在那里，一个写诗的兄弟
已升任工程总监，可还是忧心忡忡
在海滩上读北京的来信
就这样，黎明的细雨，由具体
到抽象地下着，名字叫"亚茹"的少女
伸展双臂，脸上格言体的忧伤
绰约动人——"我们被抛入
像豆子进锅，还是像牛奶
被冲入速溶咖啡？"当命运粗钝的一端
尚有一滴雨梦到倾角的优美
街口两个互致问候的出租司机
脸上不约而同，都挂了一层
朦胧的晨光与血腥

1996.6

卜　居

体力准确地由星座测试
鼻翼间的小小风暴,淹没了鲁滨逊
俊俏的船尾,而你还来不及
将十指削成铅笔,一座农业专科学校
却已被排挤到城市边缘
在游泳池、小松林、老年合唱团之间
你只得摆下一张书桌
像启蒙学者在历史和战乱间选择了
一个形容词——当然要轻松得多
不那么悲壮,不那么戏剧感
黎明,会有卡车运来方便面
萝卜干和鲜牛奶,正午时喜鹊走入内室
脱下连衣裙,变身麻雀飞出
到了黄昏或午夜,你尾随一位打电话的少女
到小杂货铺去买烟
听到老板闲话,豁开了近代史的嘴唇

1996.7

秋天日记(节选)
——仿路易斯·麦克尼斯

一

八月已经过去,中秋之后
麻雀注定要吃圣人们吃剩下的
铁路线以北
房屋拆迁后露出的空地上
一支老年腰鼓队却照例盘旋在
天堂与海淀之间
用翅膀轻轻拍打着堵塞的交通
提醒你在人生的中途要尽量真挚、从容
"普通车一角,山地车两角",虽然
自行车的肋下还有一团鸟巢腥臊的热气
但这不能证明它曾在夜间独自飞翔过
也不能解释你的前额为何常被当作
一本伤感的自然博物志
为低空的气流徐徐掀动成下午的头痛
"不可失业,不可矫情
不可让电话线另一头的青翠山谷就这么空着

也不可与命运草率争辩"
仿佛苦命的天鹅难免会遇上一柄蛮不讲理的鸭嘴钳
而刚刚在远郊搭上了那节邮车的雨水
已将双膝蜷曲在一封地址不详的信里
从八达岭到清华园,再有几站
首都翘起在市场中的脚跟才能感到凉意
铁路两侧被栏杆阻隔的行人
手扶车把,单脚着地
起伏的胸膛正像废弃锅炉
纷纷冒出思想和废料

二

八月已经过去,更换的稿纸上
依旧是杳无人迹的热带
精确的描写带来幻觉
无边的现实有了边缘
那曾经在笔尖下渗出的院落
而今,是否已租给了别人
他辞退了鹦鹉,哄走了黄鹂
又将巴那斯派的夜莺
当作一笔外快寄回了老家
腾出的空间里还有谁会整夜抄写、踱步
或者将一段英文艰苦朗诵为一片鸟鸣
并且,对隔壁的白雪公主说:"女士
你的身体是否是我查阅一个隐喻必需的索引"

正如量雨器的肚子伸向异乡
激情的阅读必须为深秋的脂肪所照亮
夹在辞典里的那场细雨
教导过我们恪守词的本义
但仍会有敲门声
像一串肉瘤意外凸现午后两点的睡梦中
一个小个子造访者,他面露羞赧:
"我曾闻名于故乡佛罗伦萨,用本地俗语
杜撰过亡灵的境遇;我也曾漫步伦敦街头
充当一名好引经据典的民防队员"

四

八月已经过去,短命汉又活过了一个夏天
他把箱子底下的旧外套重新找出
像打开棺木一样的身世
重新找回一场肺病、一段苦日子
一次美梦成真的经验
"冬天近了,春天还远吗"
礼拜日近了
整个星期的酗酒还远吗?
一个姑娘决定痛改前非
她护照一样的身体被云朵
递过海关的时刻还远吗?
不穿裤子的树林总会留下几片遮体的树叶
那么,揉皱的稿纸还要从纸篓里找回

当作湖水铺平,短命汉思前想后
未竟的事业也未完全托付给老人
他将彬彬有礼地与远方打工的月亮通信
("写信告诉她们,我的幸福")
并在深夜被城市的体臭呛醒
看到钢笔帽脱落在暗处
写了一半的书信
像天鹅再一次伸开了脖子
重新被夜风展开
天命已然是虚构,短命汉想到自己
有了活过四十的可能

六

八月已经过去
你肯为那片小树林捶腰了吗?
酒吧里长发的天才,果核一样
被灵感吐出;民间赛诗会上发言的
仍是一个来自河南的结巴
远处的乌托邦,换而言之
就是晾干的荷花淀,在暮色苍茫时
已将一座邮电所寄存在你耳朵里
这种忧伤不必登上高处
就可布满红叶照耀的西山
再见!再见!朋友的鼓励是短暂的
夜莺的坏脾气是有限的

一列贸然闯入的火车
曾惊扰了卧室里一枚苹果的经期
硬币落入电话机的瞬间
至少还有一种气味
似乎是永恒的
仿佛一支塑料食品袋装下了树林、晚餐
和蛀牙般排列的杂货店
再见！再见！秋风乍起之时
唯有架上的书籍能勉强挺直腰杆
小杜甫为此曾原谅了饥寒交迫的仕途
而二十五岁时你就想闭门谢客
透过眼药水深远的镜头望见
一颗苍老的星球上已点起了灯火
挂起了窗帘，升起的炊烟狼群一样消散

七

秋色剪短为家事
街角吸烟的男子像贴信封
被桩爱情取走
杂货店老板娘忙里忙外
以小说家的身段
对此没有表示出适当惊奇
间或会有邮差在屋顶上紧急迫降
而后又一个跟斗消逝在晴空里
他肯定是个在电波上永远捞不到油水的人

你约的朋友仍未露面,此时
大约十一点光景
太阳已从宝瓶座步行到了双鱼座
凌乱的长发没有放出更多的粒子
恬静的民间故事因而渗出了瓷器
和陶器的耳朵
听见巷子尽头书声琅琅
一座普通初级中学
正将臀部一点点挪向午休时间
院落里高高低低生着杨树、槐树与核桃树
偶有叶子缓缓落下
历史课上前途黯淡的初二·一班同学们
就不约而同地
将目光从黑板上精瘦的两河流域
集体移开了片刻

九

早餐已被忽略了多年
但这并不妨碍凌晨时分
未曾消化掉的牛肉继续在胃中独白
这使得阁楼里夜读的麻雀
再次感到饥肠辘辘,推开书籍
重又飞入深深的盲肠
去寻访一座通宵达旦的面包店
而早晨上班的人流中

仍会有一畦菜花向你脱帽致敬
"你好,老朋友,深秋的岗位上
自渎也要持之以恒"
节制的饮食虽有益身心
堆满食物的身体却能得到好运青睐
下一次你我的话题
还可以扯得更远些,譬如
如何在一只包袱里最终
抖落出一架钢琴
如何在小麦的丑闻中触及燕麦
午餐之后,你还是抽空想想
该如何搭救那只被上帝更正的蝴蝶
如何在两个同行的文艺大师间
辨认出谁是抄袭者
谁隐瞒了收入,谁肩负使命
来自梅雨中一座自学成才的南方小城

十三

是一阵广播将你领入高亢的十月吗
骤雨初歇后,骑车人发亮的膝头
不断冒犯黄叶淙淙的前程
从东到西,年年必然途经的
宫墙、购物和保险
长街渐渐松懈了挽歌的韵脚
十字路口指挥的警察

也如渎职的白鸽消逝得无影无踪
谁还会为秋风引路
在电车上为肿痛的大海让座
矢口否认曾在街头亲自送走了青春
仿佛送走了一个远房的穷亲戚
那昔日的站牌下
依旧站立着来京多日的青年鲁班
神色张皇地嗅着十月年迈的汗腺
（在陌生的首都该怎样筹划人生的下一步？）
或许他会步行到布满人群的广场
如一个异乡音节
一下子溶入北方官话的苍茫暮色中
他抬头想在天上寻找些安慰
却看到黄昏的祖国正顺着一根绳子缓缓地溜了下来

十五

弯向现实的肘部总有一天会报废
留给不知名的鸟雀
作为新的书房，或一座
搁浅在纸上的露天电影院
阳光会胜任弄臣的角色
深深勾勒附近的地理：墨水瓶、
烟灰缸、衣褶上细小的印欧语系
年复一年，目光复杂的叙事曲
也会迟缓下来，拣选实词中的天使

掩护虚词中的魔鬼
而身后簇拥的读者可能会因此一哄而散
各自拿走桌上的衣帽、往事与风雪天气
"不对，其实你只是迷恋
陈述事物时的口吻"
如同天空的纹理需要改动时
上帝的鼻子不过是一块用起来方便的大橡皮
但伸出果园的橘子，又总被内心的手接住
更何况那是暴雨之前寄出的
"不对，你只是迷恋一只邮包里的空虚"
如同女性肌肤上静静的权能
像雨天里一只橘子吃不到嘴的完整
清洁、整饬、不能修补，只容妒忌

十九

秋天反复书写了多遍
一张瘦嘴巴不肯再多说什么
当窗边的老人懒得撰写回忆录
当厨房里的保姆
懒得与一条墨斗鱼纠缠
如今阳光又拉开身体的抽屉
匆匆寻找另一个新奇的譬喻
并不在乎
稿纸上杂乱的脚印
可能已通向修葺一新的天涯储蓄所

或车票涨价后无人度假的欲望海滩
人行道上两个相遇的哑巴
仍不知如何互相安慰
一场小雨也不会罢免糊涂的诗刊主编
我们把奇迹称为感冒
把月亮称为商业孤独的手腕
但无意阻止那呕吐的校勘员：
"红的是玫瑰，白的是硬币
绿的则无法辨认"
命运真是多此一举
卡车尾部扬起的烟尘里
又有一批秋日的考古学将在造纸厂里
化为泥泞的纸浆
而告别时你还要故作庄重
面对虚构的读者
从中国北部的衣袖里探出一支
杯盘狼藉的手

1996.11—12

浴 室

这样被忽略，彼此间
敌视的距离，那些赤裸的上身
像橄榄树被海岸出卖
而下身无物，暴露的圣器
在反复冲洗的礼拜六
疲倦地不能扬起
人人都在默念一个词
嘴唇上衔一个空旷的浴房
雨在其中下着，世界的臀部
缓缓挪移于窗外
寻找一种关联吗？横在喷头
与云朵之间，站在热水中
站在泡沫飞溅的集体中
你脚下也横了铁索
你要到滚热的江水对面去

1996. 11 / 2015. 8

为一个阳光灿烂的世界末日而作

四月十六日,阳光灿烂,微风和煦
报纸头版对此只字未提
数钞机在歌唱,木马奔驰原地
"有个人将复活,将世界带入烈火"
退休主任没吃早餐,有点失望
他的健身计划,还得继续

到了中午,气温在上升,深深的失望
更难以掩饰,告别的情侣
又在肯德基里相逢,举了火炬甜筒
银行里走出的中年人
踩了发软的柏油,一下子感觉
自己是受伤斑马
不得不坐出租车,重返食肉森林

四月十六日,春光明媚,没有烈火
没人复生,即使是死者
也放弃了期待,从地下的管道中
纷纷走散。如果侧耳倾听
收音机的长短波段上

留下了一连串微小的雪崩

"下一站,将抵达哪里"
孩子们涌入地铁,像晶莹的雪
又将被黑暗取走,四月十六日
万物恒常,各得其所
彼此心照不宣
但你心里,似乎在惦记什么

为此,还买了一瓶甜酒
并匆匆跑上了居民楼的六层

1997. 4 / 2015. 8

民间批评家

在海神庙前,他的头顶
像支秃笔,标榜了语言的公正
高高的门槛过膝,游客们
必须踱着小楷的方步
"请注意,那是龙王故意
掏出来炫耀的牙床"
他捧了肚子率先跃过
浙东口音经电流放大,在空气中
刻下一道粗硬的弧线
石碑。匾额。泥胎。
值班的主任面若金盆
朝南大殿,风雨如晦
两只凤凰扛起台阶,裸露的
汉白玉,裸露的身世
"请注意,都围绕一个中心,
还有星辰、大海、茶叶……"
偶像恰如其分,大地才风调雨顺
他自我介绍,自己年过五旬
受聘于一所民办大学
为中级职称,奋斗了多年

曾两次捉刀，获新华社"好新闻"奖
为了抚慰晚年惆怅才主动
漫步于大海废弃的盲肠
在有兽头的屋檐间
他的话音，升腾成热气
而天色不觉将晚，防波堤外
海水携带着陆上的垃圾
发出低沉的掌声，众人也像
饱餐后的乌贼鱼贯而出
嘴巴里，还纷纷衔了欲望
那海水乏味的剪刀

1997.10

编辑部的早春

空气中似有一架印刷机在轻轻轰响
是什么事物在远去　又是什么在临近
满屋的香气确实来自隔墙的喇嘛庙
而不是一只幻想的手
在转动我们体内烤肉的铁签

伟人辞世已近周年　传真机有分寸地
吐出亡灵的请柬　但那客套的修辞
显然仍出自这个世界（你无权删改人称
无权褪下一篇社论的衬裙）
墙壁上层层叠叠的暖气片散出余温

仿佛魔鬼造句时仍然皱紧的眉心
"图像清晰的三月里还要调整头顶的
袖珍天线吗？"当天空缩微成一枚小型张
反贴在部主任充血的视网膜背面
校对科　审读室　照排车间

一条电话线连缀起制度松散的裤腰
三十而立　人生肿胀的彩虹

已消瘦成一份份脱水的简历
"为了向生活复仇　赶快抓起笔"
女同事饭后芳香的饱嗝　已呛翻雅与俗

正与斜　官方或民间……　只是
整个下午你双手忙碌　无暇旁顾
春天啊！煞费苦心　窗外枝头上
尚未有绿芽吐露　恰如一封
写给大人物的退稿信　当然要句酌字斟

与班主任的合作

小酒盅会妨碍交往的直来直去
所以我们干脆换上大杯啤酒
就着花生米商量如何劝导另一个人
像竖起小拇指那样重新竖起生活的勇气
他是你的学生　眼神温柔似水
并且时刻警告同桌的女生：阅读杂文
会使面庞粗粝　不妨试试
婆婆妈妈的三毛或方头方脑的顾城
"十根指头可以拆出几只蝴蝶？
水中的月亮会碎成几瓣？"
他的独白开始于一场语言学事故
又以对自己死亡的影射告终
当然　这是受了一些坏诗的影响
（我们的判断一致　为此
还干了杯底的残酒）　你喉间的核桃
耸动着　带来一阵山谷的清凉
这多少给交谈增添了中断的可能
然而旭日冉冉的责任心
依旧驱动你的双唇搅拌机一样上下翻动
我则多半出于好奇心　想瞧瞧

人道主义的闸皮能否刹住虚无主义的车轮
分析自我、阐释他人：小酒馆里
灯火摇晃　端上端下的杯盘交头接耳
你已介绍了他的身世——如表现主义的诗歌
简洁　明了　一行行按部就班
并且保证：他青春的身体还未被莽撞的女同学
污损。"不是为了爱情
问题出在这里"　你把一根筷子指向额际
仿佛那里有一口油井在高速旋转
我却若有所思　吃下去的食物引起体内
一连串天然气的爆裂
没有理由劝阻受孕的马儿不要恶心
没有理由防备自我批评的莲花从天而降
我猜测自恋的根源是家庭失和
畸形教育　或是生理上的难言之隐
你反驳说外在的羽毛可以随时脱去
关键是在内部　那里
有一个植物般的自我在慢吞吞地发表意见
（但你又不能把它像 WALKMAN 那样随手关掉）
但当个人汇成人群　硬币堆积成资本
我立刻提出质疑："自我只是阿姨消闲时
吐出的烟圈　还带着薄荷局促的香型"
当然　未抽的香烟不会理解肥大的烟蒂
我刚二十出头　像草地上的蜗牛居无定所
而你已步入而立之年　在两室一厅里
正稳重地操持着岁月的缰绳

还有三万元人民币像铁锚搁浅在银行里
使私生活的船头不致被感伤的风暴打翻
你爽快回答:"不错!我们的婚床两头翘起
的确参考了方舟的款式"
只是一枚塑料桶被门外汉偶然踢翻
提醒了众人:既然昏睡是结局
呕吐是出路　那头顶杂沓的脚步声
显然来自一名天堂里的尿频者
然而是否所有的欢笑、牙痛和体臭
都能汇成旋涡状的楼梯口
通向这一顿免费晚餐(即使在炼狱的
厨房里它可能煮过了头)
多说又有何益　你咽下金色的酒花
坦白明天一早就要探亲返乡
呼啸的车头会瞬间带走愁云和白发
"去他妈的!"让猜想或反驳
还像一场掰腕子游戏
在大学教育的旮旯里继续相持不下

装修与现实

他们在墙壁上忙忙碌碌　无肉的锁骨
被轻风连缀成一支汗臭的 B 小调
他们鼻翼有节奏地翕动　重复起
警察时代培养的对漆料的分寸感
窗外是四月风和日丽的杰作
天空弯曲着配合云朵造作的曲线
而鸽子飞翔的尾部露出了油箱
一切完整如初　多么像友人们的肩膀
曾榫头一样嵌套在往事或隐喻中
只有他们还在用力搅拌桶里的灰浆
固执地用唾液搭配事物不相干的嘴唇：
从交通图到明星头像　从比萨饼到试验剧
从热情的煎蛋到收音机里沙哑的雨王
似乎这件事不见得难过　在花香浓郁的
暮春里教导一枚轮胎写作
你看　他们正鼓起双腮有说有笑
生硬的普通话里夹杂着方言诙谐的裤脚
他们正坐在窗台上　将报纸折叠成三角形风帽
又仿佛是经过劳碌的蝴蝶在思忖着
该如何享用岁月肿胀的花房

窗外的春色水银般光滑
鸽子飞翔的尾部露出了螺旋桨
看来更深入地装修
不过是为了在内部更为简便地拆除

夜 色

一

暗淡的月光,暗示上帝的瞳孔
充电不足,小区灯火忽闪忽灭
裸体楼梯忽明忽暗
连续剧女主角小名幺红
已连夜发育成少妇
并不在乎窗帘后的雄猫
如旧日总督,正默默地
消化了硕鼠,仰望着星空:
夜色多么迷人!二锅头、三级片
轻率的恋爱、谨慎的避孕
《四郎探母》(一出汉奸戏,
从排水管道送出,勾起
声带的一阵奇痒),草地边的捷达车
会像葬礼上的棺木突然鸣叫
惊飞了麻雀桌旁的坐庄观音
她曾悄声耳语:"晚婚不足以校正
身体的笔误,但总比一纸文书
多出点写意的毛边"

况且卧室里有两只哑铃
一上一下，使胸大肌如共和国
隆起三重保温内衣内
一线健美的边陲

二

私生活的公共活塞，有条不紊
来往于低级小说和十四层
孤独照明的松果腺
出门向西，劳动局对面路灯下
头发金黄的小妹萨福
表情凄楚，偎依在时尚怀中
一群少年眼神凛冽，竖了衣领
沿了夜风深邃的纹理
依旧将团伙理想，当作树梢下
人生粗大的唱针
而脚底的呕吐物又让你
调头向东，发现广东排档
一蟹不如一蟹，侵占了马路
四川餐馆古香古色
似乎无意闯入一部武侠片
有人做东，有人点菜
"要荤素搭配，回避书生意气"
嘴巴的骗局如火如荼
直到辣椒的合唱团里一根舌头

像音叉那样轰鸣,而夜色
依旧迷人!让独自归家的女士
也慢下脚步,主动借火
向那些藏身暗处的恶棍

三

他们时运不济,营养过剩
我们举一反三,头发蓬乱
他们把浮云当作内裤翻来翻去
却找不出多少夜生活的乐趣
我们却返回室内,有意曲径通幽
在纸面上挖掘一座花果山
高高的驾驶舱里,探出他们喷着热气的嘴
"喂!师傅,我们正把一个贫困的省份
运向富庶的南方……"
月亮下的侏儒却搞乱了人称
是"我们"是"他们"还是"你们"
所以干脆大吼大叫
幻想将满天星斗像一支球队解散
"历史有一个实体性的腰"
摸上一把,没准儿会时来运转
因而他们拿不起又放不下
频繁地将尾翼张开又叠起
并在一本畅销书中被左派击倒
仿佛院子里倒下了几颗越冬的白菜

"是二十世纪给了他们一个教训
还是他们给了二十世纪一个耳光?"
传统道德,卫生羊肉
夜色中我们的社会趣味多么迷人!

四

再现的再现,批判的批判
还等什么,秃鹫叔叔们
已礼貌结账,先行飞去
终会有一支饕餮的牙签穿过齿缝
来总结这一切:木炭、木炭
当岁月的渣子闪烁红斑
此时正有火
在另一个星球上,也骤然熄灭

1998.11

马背上

山间夏季,像一道花生布丁
点缀了零碎秋意,青青舌苔
涂遍天际,并非想象力太殷勤
一根毛线针,挑起了针叶林、阔叶林
织就山川套头的毛衣
未婚妻却挑剔这神明的手艺
说不足以激发,对新生活的灵感

终于,徒步攀登告一段落
旅行团登上马鞍,变一支骑兵团
"马粪铺展成鸟道,会当凌绝顶"
巨大的气团恰好在山腰聚集
夹杂的野花,也像小孩的喷嚏
时隐时现:智慧多多、好运多多
你把外衣随意捆在了腰间
仿佛这样,便不会失足坠落

成为深渊里的笑柄
这技巧也曾适合于高空
沉思的肉食者,当它们抖掉膝盖上

烟灰和痰迹，俯冲而下
叼起野兔怀中狼藉的碗碟
其间，也经历了花好月圆
太多咆哮的人性。

无论怎样，都是走一步啊
算一步，马上数江山。
你本想放开喉咙
与同行的音乐师专生较量高音
她们乘着缆车飞翔而上
手摸苍天的胸毛，似乎很冲动
可惜母马背后追随的骟马
正因失掉睾丸而羞怯
不肯放开蹄子奔跑，这让你
大伤脑筋："青年导师、骑手和我"

这样的命题不便与之讨论
于是你选择的，是沉默的骑术
（身体后仰，两脚踩紧马镫
模仿某个激情时刻）
心想自我啊自我
在裤线中拳打脚踢
总不过分！何况还有山间旅社
伸出巴掌大的钟点
提供全面服务，凹凸有序

当然，也为未婚妻们准备了
洗澡水和干净的床单。
牵马人的口音，暧昧如
两省交界处的山林所有权
他一路咀嚼干粮，用博学背影
反驳太阳的教鞭
抱怨在毛茸茸的大地课堂上
马儿只是走了一个过场
没机会脱掉前蹄，站起来朗诵
浑厚的低音被一条溪水
转播给山外更多繁荣的小镇

"难怪地幔深处稀疏的掌声
总是太迟，也太匆匆"
倒是大山甜蜜的斜坡
顺利滑入众生的嘴里
变成一次次闲话，一卷卷皮尺
"量一量天有多宽，爱有多深"
直到有一天，山间枫叶
开始变红如降价的入场券
"再来与我相逢"

就在山顶，一块避风的巨石的后面
垃圾袋兜住了誓言
"你曾试着区分母马和骟马
我也曾试着憋足勇气，为你

吐出一团苍翠的火焰"
这约定被山风有意隐瞒
除了你,和半裸的山谷
即便一路打听的未婚妻也未必知晓。

1999.10

# 第二辑　鸟经（2000—2006）

爱的坦白（或民主作风）

在教学楼后当着夕阳的面儿抽烟
曲折的体态配合人性的失败
没有必要将一切都掩饰成
剩余的事业。湖水从低处印证了

天空的公正。不能想象的
只是去年突降的飓风
曾使湖畔那个著名的庸才，代替一枚
厌世的垂柳，蒙受了不白之冤

没有必要再杜撰、恐高、出虚汗
做小树林边的电话狂人
逼着两只血蝠，一笔一画地盘旋
有人衣着落伍，以民国为限

也学习酷哥摘下胡子赞美
另外的人则围着湖边慢跑
免费吮吸自然的奶头，或者干脆
蹲下，以降低大脑中理论的水银

（其实，他们都参加了法则的派对）

除非嫩枝里密布的电路出了故障
等待自我检修的松鼠
从树上跳下，从微张的口中
抽走一枚计时磁卡

但是啊但是，这里毕竟是自由的校园
那选举的左手正穿过草地
昂贵的胸衣，像一只肉感的听诊器
伸进树叶的心跳。说：

"放心，放心，我对世界的爱
有条不紊，民主得一如乡村的普选……"
护住下体，看杨柳喷吐浓香
最后落选的，可能唯有处女和夕阳

2000.3

消费内涵

——给表弟

似乎,首先要到天边去洗头
才能顺利折回内心的小包间
沿途的挖掘,挥舞蟹螯
照亮了当代荤腥的现场

这城市多喜乐,大地多宽广
已将最后的歹徒逼入
女生们烟酒无度的寝室
可你这辍学的哪吒

无故上京的少年,稚气未脱
还从云端里探出半身照
还像叔父们一样,从8吨货车上
探出煤油灯一样的嘴

询问优惠价,还拨云开雾
推开拦路的五台山
无非是欲壑宽窄合度

适合单脚的一跃，美容店冷清

原本与过客无干，但简易按摩
还是粗中有细，从头到脚
连指甲刀、喷发胶、眼睫毛
……都颠簸着，诉说了前情

结果，你伤心地，又拐入了
甜食大道，看一轮明月升起在
卡通帝国，像照妖的宝镜
暂时说明事情的原委

2000.4

情人节

整整一天都空着,倒扣在厨房里
经历了姨妈们的挑剔
暖空气的确吹自无底洞
让小舌迎风招展,红肿如求知欲
但是没有女大学生来辅导
只好沿蚂蚁的智商去吃牛肉面

肉香弥漫在巷子里
惹得蠢人也异想天开,轮番揭开
身体的盖子,看到杂草、齿痕和土坎
那些似乎都是热情生活
最后的落脚点。
(只是有点痒,像是
被一只自白派的蚊子叮过)

多亏还有事可做,谢绝
梦想和书籍的邀请,并计划
将空空的一天当作三部曲
先排练其中的头两部:
扮演红脸的少年,加大球鞋的尺码;

挖空指甲里的矿山；
一日写下一篇，养猪日记。

回头却远远望见
天空里嵌着一个蔚蓝的衣橱
明白了为何洗好的衬衫上
常粘着隔代人的鸟屎
因而不能无忧无虑，弹起冬不拉
博取女房东的欢心

但三十而立，总还要出门
出租车义薄云天
羊角风吹得槽牙乱颤。
没瞧见城市的底盘正倒悬着
露出了女司机们乌黑的排气管。
（整个场面稍显尴尬，却引人遐想）

使得男司机欲罢不能：
当众吞下方向盘，吐出分飞燕。
多少人已经老了，悄悄拔掉了
雄心的三向插头，从皮大衣下
端出鸟语花香的生产线
只有你还一声不吭，为双腿安装

变速的机关，一路经过
小桃林、区政府和清水湾

为的是让独身生活追上闪电。
但它跑得太快,满头婆娑的电力
以至于丢掉了假牙、户口和前妻
成为大厅里的不速之客。

接下来的一部,显然仍不够色情
因为不肯在电脑城里媾合于一只超频蝴蝶
只好原路返回
冒单身省亲的危险,置身于
一场孝心风暴,听病榻尽头的母亲
解释婚姻的先验性

"家庭理财,一把好手,能掐会算
把冷却的午餐分给后代
督促过剩的钙质提早形成智力的蜂巢
容纳水和蜜,光与线……
继而批判文明和吃相,一双乖儿女
圆睁美丽的豹子眼"

没有人阻碍你抛弃马铃薯般的过期女友
但你不能将她们的哭泣当作绷带
缠在白云的骨折处。
"无边无尽的语境啊,正被云的手腕讲述"
其实你太过自责,她们都是过来人,
即使经历的是美食节

腰身也不会过分地丰盈。
一分耕耘一分收获，劈砍牛肉的斧子
已被小牛当作另类的榜样
你也不必打扮成忏悔的负心汉
捆住两只牛蹄，
主动到人堆里去自首

因为整整一天都空着
和纯净水桶一道，等待着
被流动小贩拎走。
最后一部还是留至午夜，以满足
陌生女郎的导演欲
屠刀停在蛾眉上，主持诗歌热线：
首先要温柔地褪去、褪去她

周身的辣椒、蒜瓣以及
清山翠谷的脚尖
随后的礼节，当然是躬身退让
在早春的卧床上，尽量前仆后继
推起刨花一样的海浪
并为纸的舌头涂满花生酱

2000.4

梦中婚礼

一堆人吵吵嚷嚷的,将一座动物园
搬进了室内:假山果真是假的
还有喷泉在喷水,让客厅
尽量显出天然的气派

大舅哥是山东人,一缕湿发
粘住多肉的大脑壳,他的朋友
来自德国,用手比画着对称的感伤
他告诉你:自己名叫"巴特"。

但事情远未开始,鱼贯而入的声音
让你发现其实是站在一座天桥上
俯瞰假日柔嫩的深渊:
客人环坐喷烟,纷纷剥开糖纸

捧出玲珑的心。还有外甥和狗
在腿边环绕,大脑壳像家族的徽章
醒目异常。大舅哥无意中吐露
他们的名字:也是"巴特"

只有新娘还未出现,她必然渊博、巧智
深知其中的奥秘,于是黝黑的脸
于相框里一点点蒸发、消散。一阵风刮过
架上所有的瓷器,都点头称是

多少有点残酷的是,没有人
继续发现你,花园衬托着你的孤寂
地毯张开嘲讽的小嘴——捧着肉锅的伴郎
像个伪神,被搏挤在最外边

窗外,夏天提早到来,万木葱茏
阻挡了太阳的噪音,从敞开的门缝,
你还瞥见,内室里的岳父拉着岳母
像背阴的泰山和华山,正在衣橱边悄声低语

灭 火

她说她彻底灭火了,年近三十
在一座繁华大城的郊外。
多可惜呀,上路还不足三千里
身边的印度男孩还留着童身
只有那些闪耀的大湖
的确被她污染过了,成为镜子

映出两星期间浮云的变幻
那是她在健身吗:早六点起床
在垫上奔跑十五分钟,然后
不吃早餐,就作为山野的经理人
钻进了她的轿车,她的公路
也蜿蜒着,从冰箱里伸出
带来整个新世界的凉意

每到这个时候,还在梦里追赶母牛的我们
都会继续追着问:那是她在飞驰吗
为此,我们的头在森林的封皮上
烫出过金字,我们的嘴唇
也在八十年代的夜里鏖战过

但她说她彻底灭火了,电话里的声音
矜持而略带焦灼,说天气
凉爽到了发根,还只能穿着拖鞋
在车顶上叹息、走动
说白昼之后,是更多男人的黄昏
一叠叠,都不知换洗。
这样的心境,我们能理解

大地轮换了驾照,女人却独抱着天真
为此,我们也抵押了高老庄
颠倒了卖油翁,有了麻烦就笑嘻嘻
试穿皇帝的新衣,但一到黄昏
失业的皇后还会云集天边
化妆着、约会着,烧烤"飞天"的肉翼

但还好,我们是在晚会上得知这一切的
作为知识阶层和美女的追求者
没有人幸灾乐祸,或痛哭流涕
但都想象,她的头发
被山风扎起的性感的样子
想象星星升起的旷野上
她的前胸起伏,她温柔的刑具散落。

即　景

又是一年草木葱茏，天色氤氲
我站在阳台上，看小区警卫
三三两两把守疫情和道路
尘土扬起，在阳光下抖动金色衣袂
狗儿吠叫，好让一身筋骨发育在痒处。

我不理解气味，不理解主妇嘴里为什么
突然冒出了东北话，不理解肌肉里那些纤维状的山麓
其实我不理解的还有很多
它们层叠着、晦涩着、在春光里充斥着
正等待一个知识分子沉溺于收集。

他和我一样，站在六层的高度、危情的高度
重新将各种各样植物的族谱默念
只有一点不同，他穿着高领毛衣，露出喉结和头颅
而我的圆领衫久经漂洗：又是一年
春光涣散，勾出男人的胸乳

家庭计划

青山不会自己吐血
当然也不会主动跳上桌子
成为我们之间的一副骨牌
本来,计划妥当
在分叉的经济中,抽出一根枯枝
抽打这个下午暴露的臀部

但你说,要向生活的强者看齐
要向身边两万元的密友看齐:
他们的西装上布满血管和青筋
他们的方阵,已逼近了厨房

于是,天空的颜色变了,
窗外的小园收缩到一枚葱的袜跟里
我们彼此修改了脸形
面对面坐着,牌也摊开了
等待谁先主动
解开弱者的扣子

另一个一生

近来夜间多痰,梦多异象
像跳进一锅开水
屁股肿痛,脑袋翻腾着思索
跟身边同睡的男人
说了几次,他敷衍着解释:
是更年期把青春期无意延长

但那是具体的,就在二十年前的北京
夏天借口"奥运"大兴着土木
一种高架桥,连接了两处
坏心情。那是我和他
曾就着啤酒,讲连篇的胡话
对了,就是他,一个男孩

站在雨里,仰着他京味的下巴
——究竟在悲伤什么
那时,生活的导演已经老去
主动躲进连续剧,度长假
放弃的卧室里面,是我们
曾光着大腿,相互追打:

我先抛出一片未名的湖
他就扔回一座家具城；
后来，他又掏出细雪和小药片
于是，我就丢下一枚死婴。
和好的时候，我们还一起上班
公司遥远得像印度，同事们

纷纷骑着复印的大象
我和他，不，就是我和你
喜欢隔着策划书说话，嘴上
染了油墨，就到洗手间去接吻
下班回家，来不及做饭
就扑到了床上

三起三落，一夜无话。
现在回想，这是幸福吗？
牛仔布依旧摩擦着火热的精囊
两个北京依旧在衣柜里
搬迁着，偷听着
当然，在梦里都是中断的

身边的这个男人也老了
像落伍的麒麟，在消化的气味中
走失。而我醒了，补缀着
还是我和他——每逢周末
都要驱车到郊外

换洗大脑里陈旧的影像,

停车坐爱红叶之新款
并在山腰上,预定了激情之夜。
激情的顶点却往往空旷
我们面对面,坐着,像堆好的雪人
身体一半裸出,但不交出
以至单人床彻夜坦白

留下了两个人的烙印。
其实,那时只有声音存在过
我们,对了,就是我和他
坐在人生的枝头,曾高谈阔论
牙齿爆出的火星儿,飞短流长
照亮过土壤凹陷的脑纹

如同见到一个知识分子
在公开撒娇,我和他,一起
哈哈大笑,挥霍了年轻的残忍
而我们暴躁的女儿,也跳上一匹
染色的小马,即将来临
那是我们的女儿,必将

摇晃着长大,喜欢英语
讨厌汉语,也让男孩纷纷自闭
站在一场循环的雨里

仰着未来肥嘟嘟的下巴。
如此这般，异象不断
我开始离开人群，走向郊外
向一片树林心理咨询

树木分不出性别，都长出粗大的喉结
和落叶的乳房
它们的准则是原地不动
和每一件经过的事物接吻
又不担心将它们轮番忘记

生活秀

其实，事物都会选择一个对立面
端详自己。下午无事
外出买酒，回家自我分析：
我的生活在镜子里看来平稳
已经渡过人称的危险期
抽屉里没有纸的风浪
与配偶的争吵也吵出了规律；
还有个幻影在外面定期上班
定期约会，定期从银行卡里
向老家汇出记忆和眼泪
只有我知道，那不是我
至少不是此刻的我，一手把酒
一手敲打出键盘上的混蛋们

其实，事物的脊背坐久了
都会酸痛，因为你我
大家都是"单子"，密封的
唠叨的，羞愧得没有了窗子。
只好持续搬家：从东王庄到
马连洼，卡车载着衣柜和书柜

嘴里叼着烟卷或茶花
嬉笑怒骂成就一篇铿锵书评
旧爱新欢都是一厢的情愿
——到了后来
就渴望把自己激怒成一头写作的公牛

但有人太热衷于你了，计划
不再飞翔、不再发育、不再怀念
站在阳台的边缘
连酒瓶也会吓得生出翅膀
但有人确实太绝望了
不哭只笑，不说话只写字
扁平的身子荒唐得要求出走
那是在南戴河，一个闲置的天堂
两个不眠的夜晚
男人的频道更换了两次
黎明的海水，推搡着、汹涌着
伪装成钢琴教练——理查德·克莱德曼。

是不是、是不是积习太久了
其实，我并不是一只发胖的海燕
每天准备与暴风雨搏斗
在灰色的大海上反抗拥堵的食道和交通。
我只是和一个幻影签了合同
由他来进餐我来做饭
或者由他来结婚我来受难

躺在大床上搭配一出独角戏
或带着狂喜，一起连夜席卷了少女心
而你们能干掉的
也只能是其中一个
只有一次，他离开了我

那是在四百米操场上，我们奔跑了八圈
我感到膝盖和臂肘最先离开了我
在终点等着我，那时
我渴望看清看台上最先离去的人
但后代不是台阶，可以悄悄
溜走，把未烧完的热血当作青山
那时，我也没有得过且过
像今天这般悔悟
不知道生活早和对立面和解
早被一句儿戏催了冬眠

内心的苇草

首先声明的是，这些只是"话"
不能在小贩手里批发，也不能听凭
记忆里伸出的镊子
一根根，从风景的鬓毛中拔取

朝九晚五，大家都是这样
吹牛，抓阄，把"话"凌空抛撒
说不出的和不想说出的
彼此只是甲和乙，A 和 B

无论输多赢少，不要太紧张
一切只发生在一首诗里。
就像这个下午，头插黑暗的翎花
我端坐着，羽翼丰满

即便睡着了，怀里的江和海
也会自动翻滚，淹了一亩新客厅
但此时，有人扭亮台灯
让我从沙发里，不断地裸露出来

像一个古代的日本人
皮肤皱紧,眼袋含着阴影
我惊讶地坦白:自己曾复姓"田野"
只是为了让某人自夸为"镰刀"

临睡前

像已经说完了遗言
没有什么再值得费心了，
电视还开着，一出道德剧里
死了女配角，剩下的女人
在葬礼上攀比着胸围。
鲜花如铡刀落下
半生虚度，只因
没有询问过更多的花柳
但还是困了
见到的不是黑暗
而是黑暗中的刘胡兰

伤　逝

终于，缘定今生，两个人
冒着小雨搬到了一起
租房用了900，买影碟机花去1000
剩下的财产，声称是均分的
信托忠心来看管
但反传统，毕竟反出了趣味

男的蜷起四肢，女的张开铁臂
每逢双休，就蛇鹤双行
用手语示爱
即便偶尔争吵，也大手大脚惯了
摔了呼机又摔手机
冬天过得比春天烂漫

当然，闲下来时，他们
也上街走走：男的竹布长衫
女的黑发素面
谁见了都羡慕极了
跟别人说，他们不住在这里
至少不在我们中间

但总是感觉——还有谁在？
果真，男的起了疑心
开始挣扎着坐起，夜夜检查
女的颈后的细鳞
一环一环，他进一步解开了
她的扣子：见到丛林、沟壑
一洼私生活的湖水

正幽蓝闪亮
他想去捞月亮，把自己
当一只论辩的竹篮
但深夜既广大，前景又无边
还有纠缠的汗液的曲线
蒸腾了反抗
男的看这是好的，也就认了
女的解释了原因

也承认了背叛
同居不是坟墓，朝闻夕死的也好
两人痛哭了一宿，黎明
相互安慰着分开
在出租车里，还用短信疯狂表白
但心里都在暗自庆幸
世界拆开了它的迷津
小说的封套中，影子却还说着回声

鸟 经

我原以为,和你早已分别
夜间可以独自摸索到纸和方向
为此,我还重新装修了房子,注销了
你在此地的户籍,并准备
从女友中连夜选拔出一个女主人
过生活
不想,你又回来了
就在隔墙的小区,正为富人献艺。
可巧顶楼的一场华宴也把
这边的夜空映红了,让我不由猜想
你现在衣着的甜俗,表情的夸张
但你肯定是感冒了:声音断续而且嘶哑。
肯定是太辛苦了
在离别的日子里,不知又迷住了
多少哈拉男人,用你的舌尖的一点婉转泉水
在污染的大气中,为他们导航。
当然,我也一度这样,抱着书桌
一路追随你:从桥头到邮局
从海淀到东城
记下的心事,有时也留在了床上

这都是往事了，不提了……
多希望你能飞过墙来再看看我
现在的我，看看我的新居和新娘
但什么星移斗转、人海沧桑的
其实，什么都没变
一山一石，我还是住在
过去的沙盘里

富裕测验

如果你有钱,你会去买一个海滩
在上面留第一个拖鞋印儿
还是承包心爱的人,把她从湖南接来
第一个看她,在厨房里春晓翠堤
不要急着回答,余生还太漫长
钱夹的主体性也不需论争
早就在屁股兜上凸现出规则的方块
我们真正能谈论的还是
这顿晚餐,你点了爱吃的沸腾鱼
我点了月收入的八分之一
这是知根知底的时候呀!
饭后,我们还彼此背诵对方的诗
白话格律,标点免费
精魂全在一口深呼的气里

网上答疑

人们说，传道解惑是天职之一种
我不幸坐在了这里：今晚的答疑开始
欢迎踊跃提问，背景是喜多郎的音乐
前提是关乎生活的困惑。
其实老师也是苦出身，小时候
没读过唐诗，没吃过牛乳，只是在电影里
见过今天的小资，以及狂热的情爱。
你们应该说生逢其时，从一出生就开始忙碌
学钢琴，学书法，学在陌生人中
深一脚浅一脚地社交，直到现在学文学
所为不多，热情总会战胜狡黠。
但世界像魔方，会变出不同的花样
我和你们一样，也只懂得拼出一种颜色
然后就满足了，放弃了，如同攥着一个答案离开了课堂
想象外面和里面一样，只不过"爱人"
改称"老公"，新文化改编了旧感伤。
但你们的问题呢
在主义的胸怀里所有旧问题都是新的
就像在地位的评估上，每个人都得脱鞋
露出鲜嫩的脚趾，让春天去辨认。

好了,开场白够多了,欢迎踊跃地提问
虽然我的脸会隐藏在这夜色里
但声音借网络传递到千里
你们不能认识我,但老师知道你的心

送别之诗

看着你被一辆房车接走
短裤短袜,背着手提电脑
兴冲冲赶往了第一线
想着每一次,都会有不同的轿车
在楼下磨蹭片刻
捷达、奥迪、帕萨特
一连串野兽的名字,替换了
猪獾、臭鼬,或果子狸

每一次,都是这样
它们会在灌木上先蹭蹭屁股,
惊得宠物们一阵狂吠,然后扬长而去
消失在五环之内的新北京
在那里,有灯光闪耀的现场
讨厌的女编辑,四处约稿兼调情
而遇到的帅男孩,又总是同志。
在那里,你不会找到快乐

但至少,可以摆脱不快乐
像登山的羚羊突然回到平原

为过多的氧气昏眩
当然,我不会把我们六层的住所比作山
山上不会有这么多酒瓶
也不会贮藏这么多的书籍、大米和电影。

其实,你只想做一枚抽烟的植物
好无偿接受雨露
只是我,即使睡觉时也打扮成了一个过客
坚持室内运动,坚持肌肉
和对自行车的信仰
好像每天早上都可能意外地消失
出现在世界的另一个地方

这一次的房车,却说不出名字的高档
虎头虎脑,墨绿色
其实,不止这一次,每一次
都在心里暗暗告别过,还把额上的头际
狠命向后梳起,用发胶固定
生怕在下一个地方
还被人看成是书生,一脸的梁山伯气

中　秋

她们来到街上，三三两两
露出秋天的肩膀。她们的男朋友
也来了，拎着玫瑰和月饼
衬衫下身体硬邦邦的
显然，刚经历了一个锻炼的夏天

变暗的天色中，大厦在远处
突然亮起它的电子脸
释放的激情，也绿莹莹
而她们，还是被簇拥着
向热闹里移动。这情形持续

不过几秒，已让一个过路的少年
隐隐心痛，觉得世界就在近处
搭上一班不明的飞船
即将消失，只遗弃了他
和他的兴冲冲。

可他还要不断赶路
在单车上，展开了一对铿亮的肉翼

（好忘记刚才一幕）
因为，那些俯身钻进出租车
把大片的花香残留在半空的

顷刻间，已成为一个获救的阶层
他们舌头下压着的文件
——就是证明。
剩下的，注定还要等在街头
手机塞满短信，膝盖

发出寒冷的火星
模拟出一场普罗的求爱。
终于，有人大声咳嗽
像有所呼吁，但夜色阴霾
团结了更多的花心

作为通俗歌王，还有月亮
卡在深喉，使孔雀领口
有机会攀比勾魂吊带

2005

四周年

盘旋的不是旧作而是旧妻
大宗的纸张和墨迹在飞

这家私,是花三万元买下的
怎么能算不上小康

这誓言,是从电视剧里学来的
怎么竟让你信了

坐进蚊子的血腥
吐出一个个楼盘,缤纷又虚空

于是,我们关了电视
摸着黑谈判,银河系巴掌大

怎么能纵火后又纵欲
公寓里都是主旋律

你看我没话说,便主动换了睡衣
我抱了酒瓶,像抱了一枚火箭

这轮回太浅显,也太深奥
干脆,卷了云里的地板革

靠一只呼吸的风筝
就独自过海,挣脱邪念

可夏天过去了,怎么我还是
睡在这儿,嘴里填满纸屑、海沙

手里攥着遥控器,还在
指鹿为马,出完十年前憋住的冷汗

——拜托,我不是隐士,从来不是
我胡子眉毛一把抓

需要的是理发师,一夜剪刀咔嚓
残忍地分晓了五官

我需要的还有泥瓦匠,唱儿歌、和稀泥
在无边的兽笼里翻修出樊笼

顺便把我,也彻底砌进墙里
你当然反对,并流下眼泪

我只好溜进冰箱,开启了
下一枚火箭,但盘旋的不是旧作

而是旧妻,点火发射时
我还是觉得脚底踩空,眼前一黑

2005

高校一夜

究竟什么发生了改变,青山
依旧飞过了操场
校园还是划分了阴阳
所有人,还是那样在沉睡

他们睡在草叶下,睡在电话边
睡在静静的湖面和高高的水塔上
他们甚至睡在了垃圾袋里
张大的毛孔,渗出过
粗鲁的外语和罪孽的花香

十年前,他们就这样沉睡着
但所有沉睡的人,又似乎都在埋伏
用身子抵住床板,所有在埋伏中
变得吃力的人,又似乎在偷笑
都得到了暗中的好处
只能顾此失彼吗?

在蚊帐深处捕捉两只染色体
红色与绿色,蚂蚱与蜻蜓

高　峰

没奈何，这预料中的前戏
乏味又短暂，一场新雪
在我们身上，还没深深浸润过
还没真的兴奋过，乌云
就被拆走了床垫
露出的豪宅，不过是小户鸽笼
敞开向余生

好在，约定的时间未到
可以先驻足参观：树梢上
挂着冻红的果实
草地下，埋了游泳的会馆
这社区风物，竟如此熟悉
像被一一梦到过
甚至像被快乐地多次享用过

你却说：其实是眼球的凸面
沾了水汽，从 B2 到 B3
只有向下挖掘，财富
才露出它的核心

我咕哝了几句,尝试另一种
反驳:其实只有贫穷
才俗气地讳莫如深

话不投机,还是一起攀登吧
扮演牵手的夫妇,在裸体楼梯上
辨别飘忽的陌生人:
你看,那疲倦的运水夫
肩扛了一大桶郊外的湖

那眉毛高挑的快递员
唇上还卖弄一抹油腻的远山
那压碎了小指的修锁匠
只能靠拇指工作,拨开树叶下的弹簧
那瞌睡的、来自安徽的小保姆
则惦记起老鳏夫
和他升天的哈巴犬

跟我们一起攀登吧,陌生人
这高楼不过十几层
这快感不过十几重
什么吵吵嚷嚷、花花草草
全是心头未了的贷款
(我们都是过来人)
可有谁没能按月地偿清?

但在那里，一切的峰巅
北风也曾强劲地狡辩
我们按下门铃，说明来意
却意外地发现：大卧室
套着小客厅，男主人脸色阑珊
反穿了拖鞋，白墙上
有女主人疾行中的脚印

2006.1

夏天的回忆

穿着短裤,坐在一张照片里,山路
急转,露出苍山之巅

向下望去,闲置的房产更多了
河水环绕新发小区,奔驰车尾随马车之后

天空像是蹲了下去,又吃力地把一片云举起
为的是照顾他们打开电话

好查看妻儿的短信,却无意中看到
被山风刮走的高大身影

更多的登山者,为了减肥,才汗流浃背
吞吃药片,但最终花了 38 元

好在缆车上读书、亲吻
嫌社会生活不够短促

岩石边,只有你发出了蓝光
随身携带的两颗心脏,有一颗已耗尽了电能

矫正记

装上了矫正器,你的嘴部明显突出了
好像时刻在为了一点小事而赌气
你的话也明显少了,于是黎明变得更安静
可以容纳更多液态或气态的飞机

但我还是背了大包,照常独自出门
归来时已是深夜,耷拉着一对酒精的肉翼
——矛盾,愤怒,又迟疑
你却不再讲话,闭着嘴,像一棵树那样

在我身边倒下,发出黯淡的、山峦的、油漆的味道
其实,在油漆过的树林里,树
本来就不多,你怎么还能这样呢?
它们纷纷倒下了,变成书柜、衣柜、碗柜、鞋柜

变成放电脑的桌子和可以折叠的椅子
你甘心像它们一样吗,在移动的阳光中
等待不可能的移动,等待一点星星之火
将一切的实有,化为一丁点的虚空

如果不能，就让那些金属的枝条
在你齿间盘曲、蔓延吧，甚至穿过脸颊
开出了锯齿状的叶子，这么多年了
任何美观的刑具，我们都还没尝试过

其实，这么多年了，我也习惯了
坐在沙发上，看缤纷画屏，看四壁落满脚印
就像坐在泥石流里，看众鸟高飞
看周围高低错落彼此一点点崩坏了的山

2006.11

饱　暖

冬天未至,气温在胸口协管了
匆忙的装饰和亲吻
花哨的青年总是匆匆的
有力地进食,然后有力地男女

伸着脖子看菜单,趣味和话题
总在天边外,就像烧鹅
与烤鸭,生前一个
有过罗曼史,另一个更博学点

大餐后,也尝试聚拢思想
但体力都有点不支了
只有羊肉,坚持到最后
在盘子里,像是一小堆烈士的绷带

2006.11

第三辑　好消息（2007—2011）

一个作了讲师的下午

黑压压的一片,目光怎能这么轻易
就分出了类型:男与女、正与邪、昆虫和外星人
时光也从左脸放纵到右脸
停下的时候,就下课了,讲台像悬崖自动地落下

原来,这世界大得很,每一片树叶下
都藏了一对偷吻的学生,在那一泡像被尿出的但并不因此
而著名的湖上,也浮了更广大的坟

不需要准备,就可以放声,就可以变形
——时刻准备着,但据来电显示
我的变形要从鳞翅目开始,也不轻松。

2007.4

教育诗

车子转过街角,就看到了她们
靴子洁白,上身隐约透出鹿纹
司机也放慢了车速,似乎心领神会
——这夜色正漫长
不妨隔了车窗,问候一下
那些花苞和枝丫的冻伤。

她们,却既不牵扯,也不搭讪
只是站在被选择的一边
单腿站在星空高大的墙下
星空也真寥廓,细长的银河外
正闲逛了几个瘦小牛郎

你感觉到了对称,于是
缩了脖子,想将套中温暖
保持到最终,但街的另一边
牛肉面馆的灯火
亮得怕人,几个新疆人

鹰鼻深目,像刚从壁画里走出的

看情形，是要将一切接管
好在这一切，都会在瞬间滑过
最后的那一个肯定
是最年少的，她弯着小腿

做出跳跃的暗示，仿佛前面
就有一片温润的草场
车灯闪烁下，你还注意到
为了浅尝这社会之黑
她甚至涂抹了一点点嫣红的骈枝

2007

夜 会

深夜机场,去迎接一位心上人
踏着风火轮赶路
他的半径,肯定已超过了三公里

(但作为一个处长
他还是嫌慢)既然错过了摆弄身体小零件的黄金年代
就不该再错过今晚了

你看,连路边的野鸽子
都睡着了——他滚烫的身子
也几乎触着了路面。

只有一个瞬间,他感到了犹豫
眼前鸟鹊乱飞,肯定是
在某地多喝了假酒

于是,他下意识踩了刹车
但高速路的尽头
就停着她的箱子:巨大的

带着铁链的、像刚从地狱里拖出的
那致命的体力活儿
又该怎样无拘无束地开始呢？

2007.9

重　逢

两个友人坐进电视里
神色有点慌张,肯定是顾及了
电视机外我的存在
其实,我不过是坐在一眼
焦黑的井里,连晚饭
还没吃上一口,还有大笔的
房租要缴,根本不想等待一个时机
悄悄爬出来

他们太多心了
连头发也染成了秋天的颜色
生怕不被我误认为树
在手里,还一直攥着黑暗的土
以为那就是见证
曾纠缠过、生长过、又被揉成一团
丢进地幔的抽屉里

但他们还是开口了
说起学生时代,多么矫情、灿烂
在睡梦里都有一队队少女

坦克般碾过
似乎只有外星人,没有在轻薄之后被遗弃
如今,大家成功了
还时不时回去漫步
为了尊重旧日青草地
高级吉普,停在远处深深的林荫里

说到这里,他们交换了抱歉的眼神
显然在迎合我此刻的心境
我的眼里,也当真
布满黏稠的泥浆
因为在井底,我抽烟、喝茶、打字
甚至挖出过一具吉他的遗骸
但从没想起过他们
一次也没有

2007.11

桂河桥

五千个英国人,三千个美国人
一万个中国人和缅甸人
或者还有几十个穆斯林
在一个早上,血肉飞上了天。

如今,旅游巴士载来两个北京人
被夕阳中的轮廓惊呆了。
钢铁,跳跃着来到对岸,
广大的墓地也空了,青草晃动。

复活的生灵或被导游指南
男的:披发、文身、乳上镶铁钉
喝本地便宜的喜力啤酒;
女的:较矜持,正小心躲开了脏东西。

其中一个十八岁,脚跟红润
猜测来自苏格兰。在桥头
她被南亚小伙儿狠狠地抱着、亲着、呃着
露出的牙床留在相机深处。

像是另一种报复，摧残了两岸贸易
墨绿的河水风情万种地
也是狠狠地流着，旋涡之上
日光散射，似乎还有鸟雀争食往返

2008.2

我们共同的美好生活（节选）

1. 诗与真

六年前，我就来过这儿
带着新鲜的肺和脸
左顾右盼，看个不停
结果，车子撞在半山腰
民族司机被警察带走
我听见身下江水的咆哮
在山中，还有人高声断喝
——有何贵干？

那时，我无家累，无房产
认真读书，也没超过十年
怎么可能有答案？
结果，他们逼我不停喝酒
说一两个内地笑话
我缺氧，口拙，讲不清
像块石头从雪岭滚下
滚到了车里
又滚回了北京

北京原本圈子多，我怕生
缺钱，女友不小心得了忧郁症
所以主动住到了五环外
其他的一切皆被动
那里小区空气好
人心也绿化，邻居多是
地头蛇，基本没精英
我只能看电视观天下
知道六年来，国家大势向好又向坏
但西部的开发没落空

铁路运来更多背包客
公路运来更多四川妹
他们也狂喜，也呕吐
做梦时，老家也升高三千米
但他们人忠厚，不提问
只把命运和钞票纠缠
结果六年只是一瞬间
他们中的佼佼者
如今，可能已睡在了一起。

2. 流年

这一年，多烦忧，家事
国事不平坦。新人类们在海外
游行，口号，不主张去超市

他们的长辈随后赶到

还是花半天,就玩转了巴黎
如果再花上几十欧
还可看洋妞脱了衣服跳舞
这计划略显夸张,但尚可容忍

这年春天,我坐在电脑前
弯着颈椎,和所有人一样
像在旁观又像在咏叹
一个瞬间,三分之一的省倒塌了

全民捐血又捐钱,我彻夜关注
顺便偷看了一个人的博客
发现她对我,其实没成见
结果春天过去了,我基本啥都没做

只等来了一封拒绝的邮件
这次是个英国人,在遥远的海岸说:Regret
他大概肥胖,名字大概叫约翰
(约翰啊约翰,真的好遗憾!)

所以,到了夏天,我无处可去
只好捏了一张机票
睡上两千公里,又斗胆来了高原
嗨,风景还是旧相识

只有湖边的大城,略有新变
着陆后,我们照例先吃了羊肉
后逛了书店,买上称心的地图
就带太阳镜,神气活现地乱走

仿佛此行只有冲动,没有路线
其实,此行的政治还正确
我们的确认真讨论过
那是四月的一个夜晚,清风送爽

也送来了几个喝多的少年
"青海……羚羊……无人区……唵,好的!
……纪录片……男女搭配……后殖民……扯淡……"
那天,我们其实谈了很多

包括海阔天空,江山剩了半壁就不好退换

3. 青草坡

牛羊站在山坡上,不听轻音乐
也不看我们暴露出来的东西

人可不这样,出城三个小时
就喊着要下车,他们的摄影器材

已胀得很难受。好在草原辽阔

人守规矩，自动分出了左右

还仔细收好各自垃圾
即便藏狗跑了来，他们也不慌张

能耐心听它汪汪地讲道理。
但一回到家，他们可就全变了

他们习惯吃完饭，就穿着旅游鞋睡觉；
或者彻夜不睡，和亲爱的人

一同丧失理性；为赢得异性尊重
他们还习惯为无聊的事业献身

在思考时，习惯露出大大的犬齿
他们的生活已无可救药

可还是习惯在卧室里铺上地毯
感觉自己是睡在草原上

以为睡着的时候，会有鹰低低飞过
衔走他们身上，那些已经死去的东西

6. 庭院中

一抬头，看见小山金灿灿

云朵透明，不是照妖的镜子好奇怪
院子却收拾得干净（所有院子一个样）
花木齐整，主客对话也简约
像是事先经过了排练，小孩子的邋遢
和他们的作文最醒目
错字不多，但都按了规定言情
在结尾写到受灾的四川
内室无人，只有满屋子电器嗡嗡工作
我们自顾自抽烟，装没看见

7. 人类之诗

在藏文中学，小雨淋湿了操场
学生们只好从体育的世界里
原路返回，却吃惊看到了陌生人
他们有胡须，样子还斯文

汉人都这样，看来聪明，但没危险
汉人的城市也是他们的城市
陌生人说来自北京，学生中的少数
曾计划去那里大发展

政治老师赞同这个想法
以自己为例，激励大家学汉语
历史老师跳出来反对
说学好汉语，是为了将来写诗

原来，老师自己是个写诗人
知道汉语和诗，其实两回事。
作为80后，他的成熟让陌生人惊讶
"我只关心人类，海子说的不对"

9. 褒贬（山水）之间

总的说来，此行不坏
公路修得畅通，酒店也还体面
枕着车轮，安全地睡了十天
还有好心人照料三餐
更无人好事，再捏了嗓子提问

但我没出息，一路上睡得太多
吃得很少，谨从这里先知的教训
即便是醒了，也故意不睁眼
仿佛通胀的年代，在醒的时候
也有必要储蓄更多的睡

这不是假话，六年来
我始终小心翼翼，慢慢理财
充任一届好公民——为奖励自己
去年冬天，我还去了一次热带
为一个人妖欢呼，欢呼他（她）

竟然拥有两套系统：一套用来奋斗

一套用来否定、用来爱
居然两套系统，还都很正点
而我们只剩了睡眠
睡醒了，又对一切保持厌倦

说实话，我们也厌倦了自己的厌倦
所以车子翻山又越岭
我们主动找惊喜，遍读通史
下车绑架更多的本地人
最后还是看新闻，激动了一点点

（有群傻瓜合伙围攻了县府）

事实证明，我们的厌倦系统
根本不能证明什么
江水咆哮，带走车辆的残骸
其实六年前我已不是我
搭车下山的，已是一个睡魔的替身

2008. 8

Puppy

没有你的时候，我也会主动看门
咬着皮球倾听楼下的动静。
白天好漫长，铁栏外的太阳
千重又万重——有时，我发呆
口水流在地上，打湿地毯
地毯买来才不久，但已见证过激情；
我酣睡，身子像被火车碾过
读过的书都露在了外面；
有时，我还口渴，从厨房晃到卧房
像个魅影，我找不到水
只找到看不见底的井；
更多时候，我肚子饿着，只能看电视
《动物世界》里没有同类
我饿得头晕，却不敢去碰那些面包
一个夏天，冰箱里的面包
早已发霉，仿佛一小块旧稻田
在那里，我们曾放弃，也曾埋了玩具。

2008.8

乌兰巴托的雪

星期一早起,误以为还待在家里
仍到卫生间里找水喝
或将袜子翻过来重新穿上
就当昨晚的事,并没有真的发生

可外面飘雪了,只不过一夜间
草原就急急地退走
露出一大片的日本车
陷入无边与泥泞,这情形

其实我们早已熟悉
一个多世纪了,从东京到北京
如今又到了这里
中间也有行路人,鼻直口阔

脸上带了满足的倦容
他们刚刚在风雪中闷熟了土豆
又要上班去,肩上的猎枪
换成一支支的黑雨伞

但我还穿着底裤
在 BBC 与 CNN 之间匆忙转换
看见白头主持人一贯傲慢
而今,却说起无产阶级英语

我将信将疑,似懂非懂
猜想天下或许有大变
——不是故乡的大山变成了金色小丘
也不是平壤变成了北京

唯一的可能,是我们的料想
即将成真,于是我决定穿衣下楼
去参加远东熙熙攘攘的诗人大会
并在朗诵的间隙,穿插外语

如 Black Monday 之类
弦外之意:这场好雪,恰是时分?

2008. 10. 6

周 年

那个下午,大地摇晃,短信频频
我们得到通知:该来的事情已经到来。
于是,个别诗人开始忙碌,拒绝轻浮
更多人集体肃穆,站到一处
仿佛乱局难耐,人类要集体洗牌。

随后的一周,我也出席相关活动
其中包括:一场纪念朗诵在美术学院召开
文学不乏良心,但美术界动作更快
用罢招待晚宴,我惊奇地发现
草地上布满了被当成作品的碎砖

年轻人信仰创造力,为此彻夜不眠
老年人信仰占有这些的创造力。
我一贯怨愤的朋友
忽然出现在台上,也像老人那样
穿着中肯,并慷慨发言。

我终于缺席,逃回自己的小圈子
也彻夜实验一种新的创造力

(那"力量"果然坚挺
居然折磨我到了天明)
我们讨厌辩证的观念

却总将辩证的内容轻松实践。
但实践论总归是矛盾论
我们解决不了普遍的失业与失眠
解决不了忧郁的经济和家庭体验
大地终于撕开了它花哨的外衣

露出循环的山岩和桌椅
还有死者的短信,尚未发出
它如此简洁,以至感动了最卑劣的小人
这大地深处的能量
渴望着形式,渴望着被了解

它果真拥有意志吗?
几个月后,我原本的爱人只身参与
想有所关联,但又旋即返回
身体明显消瘦,重逢的那一夜
她努力保持沉默——到底经历过什么

而今我已无法倾听。
总之,该到来的总会到来
我背着一盏台灯、一台电脑
飞过了夏天和冬天,又飞过了大海

如今，落在了这间新公寓里

万籁俱寂、碧海青天
——我登上天台，独自去检阅
那些兔子、蛤蟆、痴汉、卫星或者导弹
万物伸出新的援手，却不能解释
我至今迟迟不能开口的理由

2009.5.12

晚间述怀

还差了几天,所以随便乱说
尚无风险。晚间,照例饮酒
天上的浮云照例解散
书桌上,几页论文纸空空的
照例要空论起是非

只不过夜已深,情又倦
也懒得上网去搜索
那些陈年的图片,不过是
满地的垃圾、旗帜
碎了的影子纷纷站起、走远

几个铁硬分子,见证过
又逃亡过,有幸刚刚结识
还合伙吃了昂贵的一餐
大家谈锋犀利,过后遗忘更快
我只记得曾一夜虚度

和多数人一样,用一场同样
闷热的寻根电影

草草总结了青少年
而后,兴冲冲,我来了北京
先参观水洗的长街

再去到历史博物馆,看焚毁的一切
陈列如史前巨大的残骸
有些过程必须制止
有些繁荣自会到来
二十年后,看自由的人士

终于运营了好公司
与好思想,不肖如我者
一直辛苦奔忙,像骆驼祥子
终于拥有了自己的车辆
点灯熬油,翻案文章做个没完。

2009.6

论公与私

他们只在肚子里弹琴
却还能深思熟虑发表讲话
他们的书房修在古时候
花木异常深邃,开出来的小汽车
却意外播放着港台的流行曲。

这些事我不可能介意
但上楼或下楼的一瞬
意识到他们广泛的存在
所以只想离群索居,变成一只博览群书的鹤
所以始终自学
以至迷失了所有的门径。

恰好,邻国的贪官知耻而亡
在我国,儒家学术
也有望发展,请看今夜
他们正兴奋地联盟
终于事遂人愿,有所垄断

——晚间十时许

意外收到一封入伙的邮件
我小小的股份
也飘出了它的麻辣香味儿

2009.5

尊　重

我不尊重制度，这没关系
所有朋友都貌似一样
但我不尊重水草，不尊重自然界里
那些维系我们呼吸的机器
我在湖泊上穿着皮鞋
在城市里，学着像云一样地社交
缺少恶的取向，更缺少善的勇气
所以到了晚间，漆黑一团
我只能像刀子一样
裹紧棉被睡觉，听任身体的
尖锐处，淌出酸痛的水滴。
这世界只剩十几个平方
这冰箱里，只剩一颗会说人话的人头。
但总有好事者提早报废
好让一个觉悟的阶级，在上班时分
看上去还不至过于拥挤
我不尊重少数人的牺牲
就像我不尊重刮大风
还出门工作的推销员，但我尊重
他们将一年的积蓄

像细小的尘沙,都穿在了身上
我尊重这种风格
即便我不尊重他们在乡下
有弄权的阔亲戚。

2009.6

小憩不能永昼

昏昏然，醒在了公园边，有鸽子
和鲤鱼凑近，张了巨型的嘴
像要吐露什么愿望？还是另有内情？
它们考虑过创业吗？飞在天上，游在水中
考虑过独身或再婚吗？
我们彼此羡慕过的
但毕竟情势所限，有所不能。

我不懂本地语言，不能领略
本地有名的风俗业
更不能将你们悉数带回
在研究室里去放大那些手脚
倾听细小血脉的呼声
"也曾是怎样迫切啊"
其实，大家是共同体，都曾摇头摆尾

凑近规格更大的存在
只不过，我还能够环顾，能够侧身
并曲折地行进，分别小的人物
和花的衣冠：这里的电器行好热闹

这里的山林里好多神怪
这里的民主党贴在公厕墙上
这里的小孩,也爬上爬下

膝头磨破,练习在不切实际中
兴奋自残。两个热恋的中学生
他们的嘴唇早已融化
丝毫不顾及旁边,有个抽着烟的外国人
从白衬衫里,他们已展开
自己粗壮明亮的枝条、模型

天上的不明飞行物啊
也三三两两,倾转旋翼
投下午后三时一些世俗乐趣
必要的轮廓、一些睡荫

2009.6

包养之诗

我从远方来,他是外地人
歌厅的相识总还浪漫
虽然他六十岁了,六十年的饕餮
不影响吃饭时像饿狼
其他时候像老虎

这两房一厅,在热闹的郊外
掩人耳目不只为了偷欢
大家都是苦出身,他白手起家
不喜欢抚摩,只沉溺于实干
——而夜晚总是短暂

在漫长的白天,我会去成人学校
补习会计与秘书学
到了春天,还计划将父母接来
他们心知肚明登上飞机
吞下北京的风沙

满足地接受一切,但等到
四人吃饭,满桌鱼虾火红

他们的脸色还是古怪。
——自强从来是本色
长恨的歌曲连唱不完

他蒙冤入狱，让我泪水涟涟
但存折上小小的 20 万
足够让家乡的山河轰响一阵子了
秋凉乍起时，我又顺便考取
本地走读的师范学院

2009.6

幸 亏

——给 Raffel 夫妇

幸亏,这里还需要我们
饿着肚子,大口地吞下黄油
窗外秋山,有如此错综的形式
我们的到来也在计划中
被错综地推迟了三年。

三年间,一个女孩已经长大
像母亲的老家,荒凉了山地
始终游离在热闹的
大人的欧洲之外
另一个女孩,始终兴高采烈
她似乎更喜欢外国人
因为他们说话声音怪异

衣服穿得还不怎么邋遢
其实,小孩子可能不知道
怎样区分外国人和外星人
即便她能区别大象、小羊、狗熊、灰狼

能区分这世上的善言与恶行
但这三人如此不同,沉默时
胡子稀疏,却又一样的安静

幸亏,这里的听众很礼貌
不去过问这些诗的来历
"诗"捱到老年,深度刚好
可够睡眠,他们的厚道
提醒我们,要忍着
自己青年时代的臭气
忍着亚洲植物冬天死掉后的臭气

读自己不快乐的诗
我们的不快乐,原因很多
但可能真的并不是由哪一伙人
一手造成。这一点
男主人说得不错:"道家肚子里
始终有个打盹的儒家"
他翻译的杜甫就是一个儒家
他的翻译即使有错
也是这里最好的
那些密集的注释里
能见到这家人闪动的炉火

女主人眼力更好,见面时
还远远地以为我是大学生

告别时，已能正确地指出
我鬓角的一根白发。
此刻，她正在厨房里忙着吗
准备一锅香甜的南瓜汤？
还是领了两个女儿，走进车站旁
本地唯一的川菜馆？
她在打电话吗，在边境线上
忍受湖泊、乌云，忍受那些
模糊的诉说虚假不幸的语言

对着炉火聊天，我们都知道
那些走进火焰中的人
没有谁能比杜甫更老，三年来
大家倒退着也在行进着
醒来发现，返航的行李中
除了一只互赠的 swatch 手表
已安静得别无他物

2009.11

空军一号*

飞机穿越云层，带来列岛的焦虑
那些匍匐在海礁上
演习的官兵，才习惯了说 hello
又要唐突地竖起自己
在灯火通明的冲绳县厅

可是你，"黑身体"的大统领
"黑身体"的大情人
今夜，又下榻在哪里？
隔壁，又睡了哪一位白身体的
照耀了亚洲事物的国务卿？

从太平洋暗流中，谁又能
慢慢游过来，露出
圆圆的带星星的军帽
敲敲你的腰，说：

---

* 仿大学时代喜欢的诗作《给黑身体的情人》，作者李朱。

"老兄！时候尚早我们出去走走。"

2009.11

少壮派报告

坦白总是好作风,没有教官同睡
在床上也得直挺挺
何况你我来自小地方
父母经营家族商社,倒卖近海鱼鲜

在落花的高等学府
课业本无常,人生却总有水平线。
跟了前辈,朝九晚五地飞吧
那些美妙的神经质的事情
求之不得,又总使人心思烦乱

终有一天,论文的草稿里
会扑棱棱跃起一大群野鸭子
或呼啦啦地站起一大群猛男
他们一批批地出征
曾腐烂在了亚洲腹地

穿着考究的时候
就拿自己当了局外人
纷纷行走在 AV 片中的外景空间

在恒春海滩

反倒是我们之中的长者,最先建议裸泳
年轻人只用抽烟的稀疏的影子附和
暗地里,他们摆弄新买的草帽
把海滩人物和飞鸟收藏进相机。

平日里,他们的表现果真动物性
在餐桌边贪吃又好辩,在异乡如在故乡
举止轻率不稳健。他们的可爱处
被长者看在眼中,喜忧参半在心上

此刻,雨点打在沙子上,打在各种印象
的相互反对与相互依恋中
仿佛万物初始,就如此乱麻一团
但六十年了,海水没有真的变老

还能挺起白沫的前胸,吸引年轻一代
当然,它也没能变得更有力
能真的推开这座岛,露出下面
暗红的山口和那些牺牲掉了的水鬼。

隔着海，年轻人叫春，较劲儿，发邮件。
我们之中终于有人下海了
他并未褪去省籍，裸露处却傲人平坦。
海水又一次次礼貌地送他轻松上岸。

2010.6

海　鸥

原来如此，手段不相上下
我站着拍照，镜头像旋涡吸入了万有
你展翅追踪，向世界吐露恶声
海水不平，山木也嶙峋
油炸食品沿曲线低空抛出
却吻合了大众口味，也包括你我
相逢瞬间各取了需要

2010.7

国富论

炎炎夏日,避暑避到了西部
工人新村蔓延到小河边
家庭的暴虐、仪式
造就女孩普遍的干部作风

只有炼钢高炉还昼夜燃烧
二十年前,就不为造翱翔边境的战机
只为造储备肉类的冰箱
我喜欢看男女青工一起下班

三三两两,提了青菜和肉骨头
社会理想不过是手拉手
将父母积蓄,顺便堆进浅浅的客厅
被剩下的那一个

反礼教之后,还真的无处可去了?
那么,趁天高云淡
说点什么吧,未来衣锦还乡的你!
没有通胀的当年

早恋已经普遍，无所事事的儿童
只能好高骛远地沉默
兴之所至，或到河边丢几块碎石头

2010.8

野迹海滩

那些看不见的岛,敲锣打鼓
不见得住着十万神仙
宴会上的螃蟹,举手举脚
投出反对票,结果拆卸之后
成了美味中的纯装置性

两个亲密的人,还可以讲民主
一起睡到空调下
大海临窗,像临窗递过一只绿色脸盆
他们梦中的脸,脏脏的
仿佛遭受过鞭打
他们身子下,流出了细沙

公路辗转,却从苍翠山巅相继送来
更多大国观光客
他们拍照、尖叫,就差在海滩上
升起一面五星旗帜
潮水适时卷走一架尼康相机

一切旖旎风光报废

几张痛苦的婚前不雅照
却被意外地保留了下来

2010

池 袋

地铁一波一波涌出暗潮
阳光城外,始终不见抗议的黑道
两国交恶,无辜商家总是最前沿

我们在假货中抵制过他们的真货
他们实在没什么可抵制的
就抵制当街吐痰、抽烟、说大话

可来自北京的,不都是愤怒学人
其中一二能操流利英文
刚在东洋研究所讲过了鲁迅

并不耽搁参与本地交欢
用一杯芋头烧酒,浇灌百年来
持续抵制过的心田。

不远处,夕阳正收拢于百货公司的尖端
一派跳楼的好风光!
毗邻醉汉卧倒的小公园

就是内脏张开的先锋剧院。
今天，几个耄耋老者在舞台上
轮番跌倒，以表现内心挣扎

在场观众唏嘘不已
怀里翻腾的小东西却始终看不见
结果，一半人酒后回家昏睡

另一半人继续从冰箱
取威士忌醒酒，并正点收看了
午夜直播的右翼新闻

2010. 10

好消息

好消息就是坏消息,从天外传来
让在场的人都尴尬:该住嘴了吗?还在维权吗?
碍于面子一定不能吹口哨吗?
还是静悄悄走出去,书写隐私的博文?

大街小巷,即将吐出浓浓秋色
文学讲师终成正果
全球正义系于两三个人

当年四君子,都是好同志,
(不一定渔利在先,反体制在后)
入行的新青年,饕餮未成
已被警方带走,并满意地接受了盘问

没有参与的其他人
"你们要好好照顾自己哟!"
这是权力更是责任

今后,气候料定逆转
严冬也可能是苦夏

希望锻炼心肺的伸缩力
幸存到活剧落幕的一刻

2010. 11

宅 男
——东京作

不知何时起，沿了小铁道
我养成散步的好习惯
见到黄狗，就用世界语问好
偶有电车经过
就隔窗猜想一段恨史：
哪个白领丽人，被骚扰经年

道边风物，却一贯井然
小花小草有人照料
便民公厕，出自本区税金
无关两党站街、挥汗扯皮
致使一个无党籍老年混混[①]
支配了大都会的将来

我住得不够久，将来也不想
有任何份——不拘格套地
能留下一点什么呢？

---

① 指当年东京都知事石原慎太郎。

于是梦想有火起、有偷盗
有忍无可忍的凶案
有警察破门闯入，穿了大大的防弹背心

勒令我屈服，喘息
发出嘶哑的异国口音
我由是被拘捕、被羞辱
被蒙了面罩，出现在电视上
被热闹地起诉，又被静悄悄地撤诉
送上了飞机，被引渡到专制的国外

在那里，有很多我不认识的人
凯歌一般地走路、睡觉
也有一两个我认识的
早生了华发，酒后爱唱《驿动的心》

2011

学术与政治
——东京作

趁骄阳还未转至窗口
恶犬还睡在它的摇篮
赶快扒开键盘的毛发
连续敲出一份万言书

思想换文体
生活换汗衣
军委换主席

然后,乘早班电车,去海滨大学报到
台风中隐现几个老熟人
岛和岛,不拉手
始终是亲戚,过去打个招呼
抽空收集鸟兽的名片

东亚也太大!那来自台北的学术
没有来自首尔的激进

无伤大雅吧——棒杀与捧杀到底取决好身材。

2010.11

飞行小赞

从北京飞东京,不过三小时
来往数次,就觉东亚一体吗?
其间,还能俯瞰首尔
万家灯火,仿佛住着心上人

她画了淡妆,膝下尚无儿女可养
(我必须有所回避了)
条条大河、座座高山和摩天公寓
足以永诀。

2011. 4

第四辑　郊区作风（2011—2017）

郊区作风

穿体面点儿，就能像个中介了
每个早上，打开洞穴，骑电动车冲出去
人生，需要广大绿色的人脉
那随便放狗咬人的、随处开荒种菜的
人其实不坏，就想花点闲钱撒野

剩下的日子，熬着也是盼着
周末得空：上山吸氧，采摘熟烂瓜果
深夜不睡：写写打油诗维权
即使不能如愿，北边窗户下
那些开往包头的火车还是甜蜜的

甚至空了所有车厢，一整夜地
蹂躏着铁轨——惹得枕边人
也惆怅，忙不迭在被窝里
为秀气的身子，插一朵红花。

2011

草地上

1977年，几个坏人早被揪出
高考选拔了其他类型
举国蝉鸣替代了举国哀音
落榜的小青年只能在床上出气
一些人因此被草草生下
遗传了普遍的怨怒和求知欲
等他们长大，长到才华不对称身体
失意的双亲已去了深圳
已去了海南：面朝大海，打开电扇
没有一场广泛无人赋闲的革命
没有轿车吹着冷空气
开过万物竞价的热带海岸
谁也不会轻易北上
三十年后，因了一笔拆迁款
才有了看望下一代的本钱
等到他们辗转着，从天行的轨道
滑落入这数字的小区
却吃惊地发现草地上，早已布满
晃动小手的新生儿
我知道，他们皱着眉头

其实只是缩小成侏儒的祖父母们
已懂得背过身去示威
已懂得将尿湿的旗帜漫卷

2011.5

夜行的事物

有人声称,擦去树叶上的灰尘
叶子本是梳妆镜
这镜子本无光,拒绝反射
暗绿的花纹,就是一枚枚图章
私刻了出身

所以,他们从四外飞来
沿了铁路、桥洞、未完工的巨梁
时起时落的,还有沿途
那些臭烘烘的野味儿
他们曾在水库上,蘸水洗脸
或戴了安全帽

被分成若干小组,泥污了身子
在讨论中,脸贴脸
他们的悄悄话多半是真的
被存进了手机
被发送在星空和民族性里
被肿痛的小脑
连夜下载

可这五环以外,有点像溃乱的欧洲
黑魆魆的一片片
都是古堡、小镇、要塞
他们飞过时,我似乎听到了
引擎轻轻的轰鸣
听到了起重臂的落下

也闻到大气芬芳
仿佛喷洒了便宜的清新剂
你说那是雾霾再起?
不是的,不是
地火在涌动
在不远处,温热了金隅花园

草丛与砖缝里,即将灯火通明
有人摩擦两股
即将说出漂亮的京白。

2012.7

病后联想

奔波一整天,只为捧回这些
粉色和蓝色的小药片
它们堆在那儿,像许多的纽扣
云的纽扣、燕子的纽扣、囚徒的纽扣
从张枣的诗中纷纷地
掉了下来,从某个集中营里
被静悄悄送了出来

原来,终生志业只属于
劳动密集型
——它曾搅动江南水乡
它曾累垮过腾飞的东亚
想清楚这一点
今夏,计划沿渤海慢跑
那里开发区无人,适合独自吐纳

2014.7

蛇形湖边[①]

——给明迪

一行新人样子摩登
还等在门外,唇上打了铁钉
裸着的胳膊上,软塌塌
印上图腾。他们被集体
拔去了插头吗?

马丽娜,青春的马丽娜
曾奔跑、曾碰撞
热烈地流血,一双眼睛热烈地
和大都会凝视
今天,她换了亲民的"体恤"衫
在门口,激进的马丽娜
慈祥的马丽娜

已有几分领袖肥
一边握手一边她说:

[①] 蛇形画廊,在伦敦海德公园内,2014年6—8月,艺术家马丽娜·阿布拉莫维奇在此呈现行为艺术作品《512小时》。

"我去过你们的国家
那时她还关着门"
我们报以微笑——
"躬逢盛事,与有荣焉"

野兔在沉思,大树底下有人
在小心整理皮带
前女王她老公艾伯特
老人家的金身塑,就在不远处
一样是大家围了山谷

或立或坐,美洲人捕捉一只老虎
亚洲人留发辫
念心经,四海一家

2014.8

"小农经济像根草"

今天偶有心得,读书笔记上
多了这么一句,像微风吹过纸面
这些说理浅近,这些比喻联翩
借故,我还练习了打坐
真以为坐上飞毯

二十分钟飞遍全球:绿油油一片稻子
星罗棋布,都是养鸡场
都是敬老院,大都会也倒卖油盐醋
全球化倒逼合作化
学术人不再争胜,不再望星空
不再面壁思考"怎么办"

新一代人借助卫星、火箭
不再想着置业,只迷恋时空疏浚
在银河漫步,在土星土改
他们的集体生活,也安静多了
秀了饭局之后不秀恩爱

再看小小寰球,西风乍起

卷起了败叶,卷起了美元、欧元、日元
花花绿绿,那些各国老人头像
在风中鼓掌、解散
如此,早上罢工的电脑

便不必去修了,任它去发癫
任它自动重启一万次,一万次
从黑屏深处释放亿万蝴蝶
任其脱了镣铐、飞舞
最好,再配上的士高的音乐

可这幻觉来得快去更快
只坐了一小会儿,就感觉两个脚板
像两只摇晃的小船
半个身子麻痹,像路边的孤墙
决定轮到夜间夫妻对坐

再研习禽鸟合群的技术
分析上升流动与下纵的猛烈

2014.8

为整容后依然获捕的刑事犯而作[①]

牙齿，打落可以重生
嘴唇，向前突出，仿佛始终咬了
一块腐肉。他的脸比多数人秀气
可印在墙上，只剩下下巴
到颈子的线条，粗硬到不可灭绝

他的祖先，必定来自黑非洲
在冬季凿冰，夏季沉睡
奔跑中猎杀过猴子或黑熊
因而，这张脸，被疯传在网络上
被女孩们藏在手机里

狗仔队蹲在落雨的庭院，和他们
昂贵的器材一道。不停打电话
给夜空中直播的巨大航空器。
这是个缺乏事件的岛屿

[①] 2007年2月，英国女孩Lindsy在日本千叶县被杀，尸体在一浴缸里被发现；2009年秋，杀人疑犯市桥达也在大阪被抓获。逃亡期间，该犯多次自己整形，包括用刀剪嘴唇、用针穿鼻子，疼痛难忍时也到整形医院就诊，并多次潜伏冲绳县内无人的小岛"欧哈岛"上。

这是个慢吞吞讨论细节的政体

据说,他已大学毕业,专修园艺
讨厌外国人乱丢垃圾(即便太空里
也都是用过的安全罩)
可在千叶县,女孩 Lindsay 做家教
又不自觉爱上了说英语的身体

然后,用尽亚洲的全力去拥抱她
扼住她(近两百年了,海底的床榻
沉得更深),只是他动作鲁莽了些
终于,两年零七个月
隐姓埋名一路逃亡,恰是最经典的路线

积雪的高山,陡峭的公路
深奥的泛着白沫的大海
各种颜色的树在山坡上疯长
像天下男女不分肤色纠缠在一起。
终于,两年零七个月
学过的园艺,都用在了脸上

在太平洋,他藏身的小岛
经历了飓风,却没引发外交争议
在名古屋,他睡过的床铺
没留一滴血,一滴可鉴证的液体。
如果浴缸里那个埋着的人

她还活着，还能教英文，逛"浅草"
肯定伤心极了，想用腐烂了
的双臂再次抱紧你
我也喜欢抱了电视沉入温泉
沉入浴缸，看自己的脸

变形于无故，时而肥白、嬉笑
如一位战国武将
时而肃杀，如城头的落樱

2011 / 2015.7

家庭套装

一

女儿的纤细,母亲的稳重
背影怎么看,都像一对姊妹
对着手机屏,歪头、握拳
怎么看,都像宣了誓,表忠心

入夏,嫩过的草已长过人膝
小区周边,过往的君子
也和小人物一样,戴上墨镜
自我和髋关节,在轻轻摆动呢

不要这样,母亲是过来人
教训女儿不要和两个以上的
货郎交往,从不出汗的货郎
在京沪沿线,提了暗码的箱子

纷纷说:兄弟遍了天下!
她放心不下,买票从东北赶来
立秋前,自己汗津津的机器

却意外地,偶尔发动过几次

二

面馆对坐,看彼此的双下巴颏
父子的尴尬,显而易见
"少点一点儿,吃不了的"
被继承的,不一定是副好下水

林萃路通了,"奥森"① 更深奥
所以前景很好,家庭借贷
比较方便。于是,一个个夜晚
零消费,零恩爱,决定只读书

爬楼梯,立秋时还了贷款
又鼹鼠一样画出双肩。
可父亲坚持说病、说兴衰
儿子只说加班苦,到明年

孙子出生,一家五口去郊游:
跟妈说,借了的一定还,还有
碎肉面好吃,再来一碗
好吃,所以再买辆新款德国车吧!

---

① "奥森",北京奥林匹克森林公园的简称。

三

郊外，野花招惹浪蝶
车载父母和冰箱，这些乐趣
这些彩虹，像撬杠浮动
撬开了云层，洒下的日光

就又是一圈的家族相似性
坐了满坡，剥小鬼的花生壳
龋齿长男，投币连连
从卡通吉普又爬入旋转凤凰

那些未成形的山川联动了床榻
那些唇齿的摩擦
尚未形成一个爆破音
一个明确的否定

画外，捡拾这些音节
这些骨头，是你悄悄地走近
说曾是乞食小犬
如今，转世到了我的身边

2011. 7 / 2015. 7

菩提树下

——给臧棣

此刻,你不是那个登台朗诵的你
用低沉的亚洲嗓音,吹凉瞌睡的山谷们
(被一盏盏阅读灯照亮的)
我也不是那个焦虑的我:一边在镜子前
服药,一边构思:五分钟后
依旧紧锁的五官

菩提本无树,在这里
本是一条大街,且早早躺了下来。
曾在友人的诗中读到过
因不了解而着迷,因着迷而自学
不断折返同一个傍晚
此刻,却冒了同样的雨

在橱窗上,看到一切都匆匆的、潦草的
那个自学的自我可能对自己
从来都不够耐心。再看满街的大男孩
不像去购物,倒像兴冲冲游行

那闲情,唯有试穿了新衣的皇帝
方能体验

但此刻,和你共用一个身子的皇帝
肯定也瞌睡了,别无用心;
我也不再疑心是否还有第三者
光了膀子同行。
拎上纸袋子,我们决定
雨中疾走,老老实实扮演购物狂

先去大众鞋城,买登山鞋
你选的一双,尺码超大,鞋底有轮胎花纹
像是直接从斯大林格勒的战场
一路走回来的
在隔壁,我试穿的上衣
中规中矩,只在领子里
藏了一只扁扁的雨神的风帽

这个城市已准备好了镜头
准备好金色的小麦啤酒
似乎也准备,为大多数的事抱歉
无论是坐在 spree 河边,还是站在河面上
都感觉有掌声从背后传来

经久不息却蛮横,像诗中的小雨点
从酒吧、从墓地、从黑白照片

从深闳的犹太庭院
为女士拍照时，我猜想
那些拆了的墙，其实在努力建起啊

包括刻了死者名字的石头
齿轮一样从青草中冒出
让人恍然，那些夜间疾驰长街的坦克
其实也曾这样被活埋过的

2015.7

洞中一日

现如今,住的是足够高了
仿佛伸一伸手,就能摸到
洞顶的雪(这新房
怎么看都更像一个山洞)
没有毛瑟枪,就拿把毛刷吧
涂抹壁上几道爪痕
新添的,带了一点母性。

倘若天气晴好,还能从洞口
探身出去,这京郊大地
原来有美洲风,水泥在天边
连续浇筑了框架、断面
然后,又陡峭地、插入万户
一处处的人民城郭
有黑狗在跳、在和白狗咬。

可你又在哪?一大早,好性格
又伤过人,于是粘上绿毛
蹲在半空:等了沏茶、放屁
等牛肉下锅?电钻唱歌?

再待一会，装修的队伍
就要来了，扛了梯子，壁上观
洗剪吹的师傅也要来了

（今天换了一条新皮裤）
鸟儿问答：洞中一日，外面多少年？
看洞外，千万上班族
一大早，还是确认蝼蚁命
四面八方刷屏、抄近道
比赛不团结，或咬了热煎饼
轮番升降地表

多亏了他们，江山不变色
在电视墙上，比二十年前更高清
间或，还有人扮演蜘蛛侠
手腕弹出长长纤维
一下子，从北京弹落昌平
保佑这帮坏小子！
跳着的心脏不堵塞，二十年后

还像一个个黑窟窿
他们的战壕、他们的沙发床
持续搬到了山外，也保佑
山外旧区又翻出一座新城
包括那些费劲装修出的
寒碜的厨房、寒碜的客厅

正一层又一层，旋转了

垒上新山冈，垒成了擎天树
"乡下人听传奇故事
都是一笔笔的狗肉账"
山冈上的领袖，如是说
在架上行走，如是我闻：
这装修仅半日
世上未革命，洞中已大变

——你跌倒、爬起、抱拳
又轻跺了地板，抑或
把脑袋塞进花盆
等天下雨？等不归人？
可手机不来电也震颤
在裤子里，像一次次
不分场合地求欢

2011.7 / 2015.7

预　兆

下午进城，看见那座购物城
又换了新招牌，浮云里
烫出金光大字——出租
或售卖，料想新的一轮风暴
即将拔去某人的雄心

我最先想到是：那些导购的小姐
会到哪里去呢？翘着小腿
那些守株待兔的女士
以及产自广东的外贸服装
会怎样被摘下、揉皱

塞进了黑胶袋，一袋袋
丢进白云之间的无底洞
还有叉烧包、铁板烧
撕碎的生菜，那些牛肉和鸡肉
躺在火热砧板上，卷起了蕾丝

仅剩片刻厮磨的恩爱
豪情年代，我也多次攀爬

从一楼到五楼,像搭了电梯
在峭壁上穿梭
看这辉煌城寨,允诺了剧院、沙龙

诗人发布的密集现场
像在朝阳里,允诺为急雨传销
又在落日中,允诺每天早上
都有万亿巨钞在机器上
齐刷刷醒来

终于,在换季折扣名品店
被家人说服,我也买了较昂贵的一件
黑色风帽,笔直线条
据说伦敦款,以至深夜归家
每一次,都像从太空漫步中归来

2015

石　窟

攀了梯子，隔了那些自拍的杆子
好像看进一口深窑
看进小户人家，深窑里
有一个你在写字
落地的灯具，曾是一棵枣树
三两个暗红果实
不舍昼夜，帮着你
在字里面走路

大河没有认错，年复一年
它在独自蜿蜒
两山之间空出的洼地上
可以规划新城、种牡丹、修博物馆
继续把彼此爱慕的脸
刻在巍峨的石缝里
但你能说，私生活的改革
就到此为止吗

那些成百上千、站在崖山上的罗汉
脑袋早就被敲掉

身子还在扭捏中向往
应该把一间间窄小、冰凉的公寓
重新分配给他们
至少，要给他们一次机会
对着河水，推心置腹
一如当年，对着犯过错误的伙伴

2016.4

"诗歌节"后

飞行结束二十四小时
脑袋里还有半截子海湾
尚未醒来,就在电子屏上收看
其他人如何深入雨林
硕大奇异红色花萼下
小蛇款款,是漏网的本地神?

我这里呢,深入自己洞穴
铺就一半地砖,断桥铝的残窗
两扇,剩下的裸墙上
粗电线、绿皮管,彼此穿插着
才刚睡下,就已五点半
黄昏酷热依旧

快递飞送一册《飞地》
像从天上扯下一块新头皮
读友人新诗
片刻间,火苗熊熊
软化血管又吞噬斑块

在酿造车间

——参观镇江恒顺香醋厂

一

坛子前，只要俯身
鼻子里就会长出犄角、花枝
这情形，就像坐在首都
二环内客厅，偏要探身香山
使劲去嗅——那些往事
落红的树林

在这里，一间恒顺老厂
似能满足所有心愿
一行人，冬衣还未脱下
身子里的巨鹅，早已纷纷醒了
挪动双蹼，要先于他们
走出这料峭的春寒

结果，举着相机
他们像落入一个包围圈

那些高低的木架,浅穴
与深坑,一口口大锅
冒着烟,却原来都是空的
暗示即将到来的

不免仍是一个严酷的
坚壁清野的年代
对此,他们似有领悟
也只能逡巡向前,匆匆走入
下一车间,看到流水线上
鸟的臂膀最先机械化

(已然画出一轮红日)
紧接着,谷物被要求翻身
集体脱去硬壳,黑暗中
彼此揉摸、碾压
亿万种斗争,在分子链上
滴出了汗与甜

这情形,比得上一首
花枝乱颤的白话诗
或许我们都默默背诵过
同行的女诗人/摄影家
更是一袭白袍
仿佛刚刚,还在策马扬鞭

二

这现场，日本人来过
花大价钱，买走了其中的次要部分
制片公司也来过
把大缸注满，召集江南群演
在小楼之上
安排了一场家国激辩

如今，照明设备已撤走
现场终于裸露出它的纵深
剩下两三蜡人，共度时艰
只是造像技艺求真过度
一线的明星脸
也有了三线气质的骨肉匀停

"男人女相是肯定了"
其实，沧海桑田
我们站立的地方，七千年前
曾是入海的喇叭口
一条大江，曾像赴死的花魁
把她的怨怒、血淤

她的百宝箱，都一股脑儿地
丢弃在这儿：那些善男信女

香烟缭绕的金山、寺庙
北望的城堡、要塞
倒像并非出自信仰和人力
只是从淤泥中,从大水之中

才渐次裸露了出来。
说到水,蛇妖散开白练
那传奇中的大水,在鱼虾的胯下
那又灰又黑,如车轮翻滚的大水
(淹没你也淹没我)
当然也淹没过这里,你看

墙上说明文字,依稀如
水落石出的崖刻:
三千年前,有人在平原上负责
宴饮、食酸,从粮食中取酒
然后,遵从事物之次第
等了二十一天,顺势从酒中
又取出这黑亮的保健水

三

窗外,小园孤立
一行人的参访,也渐次
由室内裸露到了室外
看主人殷勤,推销自家产品

有妙方：一张张免冠照

贴在了香醋瓶子上。
日光之下，十诗人的照片
仿佛十个出来放风的魔鬼
（瓶子的漂流已千年）
里面刮过风、淋过雨

他们鬓角发白，衣着入时
看来，已纷纷过上了好生活
难得这音容笑貌，定格于三月
仅剩的上半身，勉强排成一行
"倘若再过一个千年

天空再次打开如瓶塞"
面对那个浑身水淋淋的读者
该如何讲述现时代
一行人站在外面，表情愁苦
设想了这一刻

其实，他们感觉自己
站在了淤泥里，看见巨罐
排列四周，如时间的暗堡
像有什么消息走漏
在塌陷中，它们又纷纷聚拢过来

四

入夜,润扬的大桥横跨
将一座逸乐名城,半推半就
婉谢在灯火瘦削的对岸

归途上,我们都惦记起
那些江中参观过的小洲、鸭子
水鸟,它们安眠于窠臼吗?

像大潮过后,世界上裸露的地区
安眠于各自的战火
这是个任性的年代!

银河里,有人在负气、摔盘子
大桥下,就有人深夜种菜
读暗红选本,我们领到的房卡

由是带了星星。你听,头顶上
一位隐身大神,在天秤座上方
正摆弄他的海沙和醋瓶

这是个任性又自责的年代!
远处耸起流动的车马、宴会
大国博弈的连续图像

电梯外,我们还会礼貌道别
一如既往,用吹风机洗头
在集体下榻的蜃楼之中

2016.11

茅山二章

一、茅山与龙

在茅山,一条绿油油的龙
尴尬的龙,腰身砌在石头墙里
雨水渗入须甲,表情依旧昂扬
朗读漫天的浓雾、野花

自由人只顾拍照,从廊下闪进树丛
掩映了白发、黑发
从南到北的诗人节,经历太多
十个人中倒有八个神仙

所以集体喜洋洋,包括昨夜的酒
还像一只白色老虎
困在身子中,不,那简直是
一只只的白鹤,呼吁着,盘旋着

口舌干燥,吐不出无穷转机。
再拍一张合照无妨
台阶从乌云里、从山顶圣人

金灿灿的肚子里，流泻而下

画框里，你像新郎一样秀气
你像薛蟠一样懵懂
你呢，用大笑掩饰健忘
还有你，遥想当年学艺

担水劈柴，用筷子去夹一片纸月亮
究竟何为？为了穿墙破壁
去偷一束光，去到水深火热
去搭救那条浑身焦渴的龙

二、《茅山下》
——给丘东平

爆竹撕开山色
空气的爆音里，如果确实蹲了
一个吹号的小红军
如果还有血丝，从他的肺管里
他的军号里飞出
持续地，让满山的游客
有那么出神谛听的一小会儿

上午的座谈会，按时开场
早早阵亡的那一个
照例不能出席，在淞沪战地

他用"新感觉"击垮了一位连长
到了茅山,加入游击战
手撑在板凳上
又告诉读者,必须且战且死

今天的座谈,与他无关
清茶一杯,穿插几则文史闲话。
年轻的馆长微胖、有视野
总是一路小跑着
几年下来,他跑出了一大片馆舍
扩大中的编制
或许已接近一个排

暗地里,我佩服这样的作风
他清了清嗓子,没发现
原来座中有知音
但会后,他还是引我去看你
去看现在的你
越过拥挤的人流,你的照片
胡须静垂,就挂在纪念馆的第一层

你的遗著也摆在那儿
残缺了一角,隔着玻璃
倒像是一部风水之书
(看得出,你并不想就这样躺进去)
此时,窗外天色由朦胧

转为明亮,已到午饭时间
一只山雀像炮火,飞出了树丛

2016. 11

新竹微凉的夜风中

——仿 KY

推开旋转门,几个人就这样
裹了热气一下子扑到室外
酒后,风没有预想中紧急
小吴脱下白外套
递给了小林,她们中一个
今夜要回台北
另一个,今年租住校外

你在前面疾走,一次也没回头
实际上暗暗吃惊,仿佛看到
多年前一幕:积雪、微茫的环路上
也有火红肢体,像这样
扭转了,要使劲地伸出来
周围脏乱的背景

也忽然变亮,露出温暖的毛皮、新关系
(毕竟,那些年冬天
海内升平,我们合住的屋子里

总是酒宴不断)
但此刻,街对面,一桩大房子

看来有点吓人,龢靓指点
——那是"月子中心"
为证明真爱,本地丈夫
须得在科技园熬到了深夜
然后,再将太太送进
这黑暗的机关

当然,我们是匆匆路过的
一阵奇怪的欢喜
暂时抵住了寒意

2017.1

拉杂印象："十年的变速器"之朽坏？
——为复刊后的《中国新诗评论》而作

一

大约是在十年前，收到同代诗人韩博的打印诗集《十年的变速器》，当时就觉得名字取得真好，恰切又具象，不要说大家过往的写作都到了十年这个关口，需要某种自我的总结、省察，"变速器"三个字逗引出的机械感，也吻合于成长阶段身心反复拉锯的经验。依照人生的通俗哲学，一个人的成长意味着向更高智慧的迈进，生理与社会的条件也决定这一过程必须遵循某种步调，而十年的时间正好构成一个平稳的台阶、一个可资盘点的阶段。这不仅对诗人的个体有效，对于当代诗歌的整体进程而言，似乎也可做类似的观察：自20世纪70年代开始，每隔十年，诗歌界的风尚就会发生剧烈的变动，一茬新诗人也会"穷凶极恶"地如期登台。2002年之后，《中国诗歌评论》无疾而终，如今恢复也大致经过了十年，某种时光内部的恒常节奏，好像暗中支配了许许多多人与事的安排。

其实，不只当代诗歌如此，即便广义的新诗，从诞生之日起，不是也受控于"十年的变速器"，逐渐从白话演进为现代？无论"加速"还是"减速"，诗人先是与传统争吵，继而与"看不懂"

的批评家和读者争吵，紧接着与文化的、意识形态的教条争吵，与诸多不公和压制的势力争吵，以致和冥顽不化、自命不凡的同行们争吵，十年的历程困厄重重，也能豁然开朗，危机养育了新诗基本的警觉，也形成了抗辩中柔韧、曲折的线条。久而久之，年轻的诗人会有这样一种印象，群体的、历史的节奏与个体的、生理的节奏并无本质不同，诗歌史的班车总会定时发出，以十年为间隔，只要少年时勤奋并且足够紧张，就会有一班车停在身边，当然能否挤上去要靠运气和天分。

这种印象，显然是一种错觉。因为从某个角度看，"十年的变速器"或许只是一件20世纪特殊的装置，一件甚至可以废弛的装置。诗人们一贯苦心孤诣，想在文字与想象力的系谱中承担一切荣光和责任，但事实上文学的动荡只是20世纪历史动荡的一部分不甚紧要的投影。有一种说法，20世纪中国每隔十年，必有大事发生，改变社会与人心的走向，列举出一些特定的年份即可说明：1911、1919、1927、1937、1949、1958、1967、1977、1989。急遽变动的历史，加剧了价值重构与社会重构的速度，诗人们在文字中游击巷战，小小的抱负之一，即是挣脱外部他者的粗暴掌控，殊不知却歪打正着，有意无意分享了20世纪中国价值重构的频率。可以猜想的是，如果中国诗人只照猫画虎地取法欧美、按部就班地先锋且现代，我不相信新诗能够一度成为某种激动人心的文化，在"心声"与"内曜"意义上，一度成为某种唤醒的文化。大陆以外有些区域的汉语诗歌，在先锋且现代的方面发育更为完整、营养似乎更健全，然而做出的表率竟索然无味，这不出人意料。

二

　　动荡的20世纪，变速的20世纪，革命的20世纪，在当代学术的视镜中，也可能是短命的20世纪，与所谓"漫长的19世纪"相较之下。这个"短的20世纪"，像历史中的另类，拒绝缓慢生成的合理化秩序，意图在普适的文明与经济之外，辟出另外一个体系。"短"，由此也引申出一系列的革命、冲突、重构、危机、转变，20世纪中国"十年的变速器"有更复杂的机械传动，但从这个角度去检修一下，应该也大致不差。然而，世纪末出现了一种时空错乱的奇观，有影响力的学人已经惊呼：革命时代的冲击和改造似乎没有发生过，经济的增长、全球化的深入、霸权的联盟与危机、社会问题的堆积，使得这个时代更像"漫长的19世纪"的复归或延伸，而与即将告退的20世纪相距更远。换句话说，90年代以来的中国，大概有意要挣脱20世纪的节奏，冒着热腾腾的废气，一头要闯入貌似更为恒定的历史进程之中，这也让那个疲惫的"进程"有点猝不及防。

　　有影响力的学人的说法，与其说是在陈述事实，毋宁说是在表达一种抗拒与思辨的诉求。事实上，怎样理解、评估两个世纪交错带来的冲撞，已让各界人士鏖战了很久。20世纪的结束不一定意味着某一世纪宏大方案的单调胜利，任何形式的"历史终结论"更多是在修辞的意义上有效。或许我们注定要栖身在不同"世纪"、逻辑的相互纠葛与反对之中，注定还要寻找一种可能的语言说明自身的矛盾。在这里，对于习惯了坐在"十年的变速器"上，感伤地看待生活与世界的诗人来说，关键是：在这历史节奏又一次突变的节骨眼上，诗歌的群落怎样了呢？

简单地说，与十年前相比，大部分诗人写得无疑更好了，从乡镇到都会，诗歌界整体的技艺达到了水平线上。十年前的重要诗人，如今仍然乃至更为重要，少数人能够持续地掘进，写出了一批又一批可信赖的代表作，并将风格严肃地发展成各自的轨范。在这里，"严肃"取其中性含义，指的是某种正儿八经又心事重重的样子，不仅传统的人文主义诗人、"好诗"主义诗人，面对若有实无的外界非议或猜测，要端正着表情和衣冠，原来"反道学"的莽汉们，逐渐将反对事业扩大为广泛参股的公司事业，因而必须在"反道学"的章程中加入"道学气"，这一"颠倒"在招募新人方面，往往很有成效。等到一代少年诗人，刚刚登场就已深谋远虑，迅速地掌握了前几代人辛苦积攒的武备。在好心人的眼里，他们令人遗憾地老成，缺失了好勇斗狠、朝气蓬勃的时代。

与十年前相比，因为众所周知的原因，诗歌的人口无疑更多了，诗歌的门槛也更低了，似乎先于教育、医疗，实现了真正的平民化，诗歌地域的分布也更为均衡，无论走到哪里，都能冒出一两个欣欣向荣的诗人团伙。原本恶斗的"江湖"越来越像一个不断扩大的"派对"，能招引各方人士、各路资源，容纳更多的怪癖、偏执、野狐禅。出于对传统诗歌交际的反对，新诗作为一种"不合群"的文化，曾长久地培育孤注一掷的人格，放大"献给无限少数人"的神话。近十年来，诗之"合群"的愿望，却意外地得到报复性满足，朗诵的舞台、热闹的酒桌、颁奖的晚会、游山玩水的讨论，从北到南连绵不断，有点资历的同仁们忙于相互加冠加冕。这当然是好事，虽然加重了诗人肠胃的负担，但带来了心智和欲望的流动。

与十年前相比，批评的重要性降低了，集团之间的大规模冲突，各方都在无意识中规避，但批评的社会功能却取得长足发展，有时候让人联想到某一类服务行业，比如，为毛头诗人们修剪出一个干净利落的发型，好让他们出现在"派对"和选集上的时候，能够被轻易地辨认出来。这种服务甚至不需预约，可以随叫随到。另一部分批评，则立足长远，忙着在当代思想的郊外，修建规模不大的诗人社区，好让德高望重的诗人集体地搬迁进去，暗中获取长久的物业经营权。影响之下，名气略逊一筹的诗人们，一定会自动在附近租住青年公寓，期望能够联动成片，成为郊外逶迤的风景之一种。这样的结果是，有抱负的诗人不喜欢具体烦琐的城市政治，更厌倦了资讯与娱乐匮乏的乡村乌托邦，他们乐得搬入熠熠闪光的诗歌传统中，在那里消费拟想自我的各类版本。

似乎，从任何一个角度看，十年后的诗歌的生态似乎更为健康、从容、平稳，诗歌界的山头即使还林立、丛生，但那只是衬托出文化地貌的多样性而已。唯一让人略略吃惊的是，诗歌写作的"大前提"较十年前，没有太大改变；诗人对自己形象的期许，也没有太大的改变；诗歌语言可能的现实关联，没有太大改变。真的，没有太大改变。如今，大部分诗人不需要再为自己写作的前提而焦灼、兴奋，也不必隔三岔五就要盘算着怎样去驳倒他人或自我论辩。他们所要做的工作，无非是丰富自己的前提，褒奖自己的前提，并尽可能将其丰富。从"20世纪"的角度看，从充满争议的新诗传统看，这倒是件新鲜事。

换句话说，在"短的20世纪"看似终结的时候，当代诗也有幸从一个世纪自我兀进的逻辑中悄悄剥离开来，缓缓降落于新世纪热闹的、富裕的现场。这意味着，我们不再可能依靠惯性，以十年为限来看待身边的一切，或许十年间的诗歌没有太大改变，或许没有改变正是一种更内在的、更具结构性的改变的开始，这一过程远远超出了生理成长隐喻所能负载的说明力。那支配了历史节奏、那咬合在心头的变速齿轮,在这十年间是否已逐渐发福,并在发福中松弛以致滑落,这需要更旷远的眼力才能洞察。对于年轻的又打算团结成一代的诗人来说,这个问题可能更早凸显,因为除了年龄、体力、心气儿的差别外,他们似乎很难找到与前代人在诗学旨趣方面的根本差别,十年的"代际"区隔不再是自明性的。当然,要澄清这个问题,还需要举办若干次高峰论坛,占据某些大学学报珍贵的版面。

三

简单地说,"短的 20 世纪"崇尚另类,发明阶级,鼓吹平等,特别将对时间的暴力揉捏看作创造力的源泉,由此而来的进化想象、路线斗争、线性思维,都成了 20 世纪需要不断批判的痼疾,诗歌界作为时代神经元密集的区域,自然更多被传染。以十年为间隔,总会有人斗胆站出来,以在"时间"中崛起的姿态,站在历史制高点上,将以往的写作方案判断为无效,将大批同行归入落伍的阵营。"登山训众"的口吻真是让人讨厌,夸大其词的表述,也伤害了不少诗人的感情。然而,在时间齿轮的推动下,骤然的加速、减速,使得均质的空间也有了纵深和分布,类似左右、上下、前后、内外之类的方位,随时可以转化为诗歌政治与诗歌动员的标签。在时间的催迫下,在空间的选择中,诗人习惯了一种危机式的感受和写作,将主体交托给了那一系列不稳定转换中的平衡。

如果说"十年的变速器",在一个新的世纪里已慢了下来,甚至可能在长久的弃用中逐渐朽坏,这也意味着时间和空间的逻辑的悄然转换。不知从什么时候起,诗人捣烂了时间的机器,跳出紧绷绷的针对性，纷纷变成了文艺学者，更愿意在一个普遍性的美学框架下，看待自己的写作及伴随的快感：历史不再是一个需要急速穿越的箭簇横飞的峡谷，仿佛成为一间通透敞亮的书房，端坐在正中，古典的、浪漫的、现代的、后现代的、左派与右派、激进或保守，位置和资源不是选择的对象，而是随手取用的对象。更为实际的情况或许是，大家不仅适应了"时间"被"空间"取代，同时也拒绝了任何空间的特权化：我们精心地写作、大规模地出版、小规模地细读和交谈，其实每个人都身处高低错落的"千座高原"：这些高原无中心、非层级、不攀比，闷着头各自生长，彼此的重叠、褶皱、衍生，给了自我足够的滑行、变异的可能。这自然是一种自我解放的状态，从意识形态的诡计中真正醒悟的状态，也是诗歌进一步觉悟到自身的状态，不再能用道德教鞭随便指点的状态。

随着时间的"空间化"，较劲的、"拧巴"的诗歌不知不觉转变成跨界的、越境的诗歌，诗人身份终于可以在不同的"场域"兑换，想象力简单加工，就可投入社会的再生产。时间紧张的变速，曾像一个密封的瓶子，束缚了诗意的生产力，那么在各种紧箍咒"祛魅"之后，仿佛打开瓶塞后升腾起的雾状魔鬼，弥散的诗歌空气，不仅迷倒了大众和地产商，也间接可以沸腾驱动"航母导弹"的铁血热情。在这样的情势下，被解放了的诗歌应该欢呼自身的胜利吗？被解放的诗歌，怎么反而有些沉闷？

无论19世纪，还是20世纪，现代性的核心诉求仍在于主体的确立。传统"家国天下"世界观分解之后，这一难题原本以为可以外包给自由的、革命的主义，但事实证明，这有点困难，冒牌的东西不太经得起磨损。在没有确定价值系统支撑的现代思想中，主体位置往往显现于批判性的张力，例如破除恶声，伸张灵明的鲁迅。直白地说,在你不知道"正路""公理"的时候,至少你还可以依靠反对什么、轻蔑什么,来确定自己,这不能简单归为西方人所谓"怨恨"的伦理,与现代中国精神的困局相关,而主体概念的本身,也必然涉及对抗、说服和较量。20 世纪时间的骤然加速或减速,无疑提供了主体性生成的契机,因为变速的瞬间也就是可能性涌出的瞬间。这在一定程度上造成了立场的权宜化、策略化,也带来了性格普遍的操切、不稳健,怎样深刻地检讨也不会过分。然而,时间性的紧张毕竟给出了具体的脉络和现场,无论是在山冈上游击,还是从广场上撤离。

或许是 20 世纪末的论争,透支了诗人的体力,最近十年诗坛虽然不缺少相互攻讦,但早已没有了整体的"抗辩",这显示了空间挣脱了时间后的轻盈。本来,这应该是一个主体弱化的时代,是一个需要辨认危机、补充钙质的时代,是一个需要在现场扎根、掘井、张网捕兔、乱吃草药的时代,但有趣的是,我们注意到诗人主体形象的普遍高涨。作为剩余能值和力比多的代言人,作为新鲜感性的技术发明人,甚至作为风尚世界里的先生和女士,红装素裹,行走天下,自信满满。当"抗辩"的逻辑不再构成主体的支撑,一些相对传统的价值、姿态,依靠惯性几乎没有遇到任何障碍就本能地延续了下来,草草填充了被时间掏空的肚子,比如人文主义冥想与担当姿态,或反人文主义(人文主义不争气的颠倒)的草根姿态,无论哪种姿态,维持的只是"常识性"主体。所谓"常识性"主体,指的是没有困境和难度的主体,缺乏临场逼真感的主体,他没有创造价值的贪念,实际上却做到了被通用价值牢牢吸附。

四

出于公共道德，不断有人指摘当代诗不关联现实（这种指摘往往本身就是缺乏公共道德的表现），一些看似及时反映时事的写作，表面颇能迎合政策与人道的口味，实际上进一步强化这种不关联。二十年前，一批诗人尝试用新的语言和视角去建立与变化中国的关联，这一尝试最初方法简单、得当，很见成效，带来新鲜空气，后来也因此形成长久的美学僵局。

二十年间，不是没有诗人继续尝试去回应、去试验，希图以语言承载并处理变化中国的经验。这些探索甘苦自知，令人尊敬，难度在于：诗人熟悉的人文知识、文学传统在抵抗历史压力、保持所谓内在自由方面卓有成效，而在理解历史变化方面，却派不上什么用场。尤其是20世纪90年代以后，当诸多经济的、社会的、法律的、政治的显学，慢慢驱逐了"言不及义"的人文学术，占据阅读市场的主流，"知识分子"作为一个油腻腻的标签，虽然贴在一小撮诗人头上，但事实上，诗人早已从知识分子想象的共同体中退身出来，"知识分子"写作不需他人的丑化，本身已成为一个滑稽的、反讽性概念。这并不等于说各类主流知识分子一定比诗人更高明，而是说情愿或不情愿地，作为一个群体，诗人可能已从某种总体性的时代认知位置上退了下来。诗歌帮助不了现实，这也是一种常识，但诗人的写作不再希望帮助思想的进程，这种变化对当代诗歌的影响，较之资本、市场、消费，或许要更为深远。

人文主义还有一个关系不大显豁的近亲，即上面提及的"好诗主义"或"元诗主义"，经由语言中介同样允诺了独立个体的无限美好、无限能动。与呆头呆脑的"纯诗"主义不同,这是一个可以放纵的立场,世界驳杂万有可以被悉数吞下,终结于也是服务于一首诗的成立。语言,语言被设想为一种万能的永动搅拌的机器,它的发动造成空前的审美气息,大家干脆闭嘴,不需再进一步讨论,好好细读就是。

五

在一种看似烂熟实则陌生的环境里,十年变速的感伤框架,有必要放弃了,有必要开始习惯在没有时间推动的重叠空间里悬浮着行为、言说、与各色人交往。但自我辨识的要求、对于心智成长和扩张的要求,依旧朴素地存在。这种要求需要心理分析的协助(虽然我不认为中国诗人已经成熟无聊到可以坐在上百平的书房自我释梦的境界),同时还需要向空间之外时间内部的紧张感请教。特别是气喘吁吁的"中国",尚未真的安顿在他不知所终的世纪里,那些辗转于城乡结合部的新进白领们,也许比诗人更先一步思考如下的问题:下一步该做什么呢?难道还要想到下一步吗?还有下一步吗?自己看着办。

原载《中国诗歌评论》(复刊号),2012 年 1 月

窗外的群山反倒像是观众
——2012年春接受木朵访谈

①**木朵**："世界驳杂万有可以被悉数吞下，终结于也是服务于一首诗的成立"，这可能是一部分醉心于写作的诗人为自己选定的自我形象，但问题是，这样"一首诗"会有怎样的面貌，或者它的归宿与服务对象又在哪里？对于一个正在创作的诗人来说，并不会有终结于某一刻的认识的可能，他不止写一首诗，写完一首，接着再写一首，是什么原因促使他写出两首以上的诗？他是在想方设法削除彼此之间的差别，求得那唯一的一首诗的原貌与真谛，还是干着干着，他突然意识到诗如一个个产品或项目，亦在默默揣摩这个时代的供求关系，不如步入松弛的旋律中，忘却诗的不凡、"世界—诗"的二元论与芥蒂，索性把诗吐露成这个世界包蕴的、寻常的万分之一，简言之，写诗如吃饭一样通俗，没什么神秘性？

姜涛：我那篇短文匆匆草就，木朵兄火眼金睛，一下子捉到了这一句，如果脱离了上下文，它的确容易引起误解。说世界可以终结于一首诗，在马拉美以降的现代诗传统中，类似的神秘表达，已别无深意，成了辩护性的老生常谈。"一首诗"，与具体的作品数量无关，只是传达了对语言本体的预设，让写诗的人可以专注自己的工作，好像获得了某种荫蔽，相信想象力的无限可能，可以溶解世界的物质性、惰性，让"驳杂万有"如大风吹起的垃圾，在语言中飞腾。近30年中国当代诗的历史，或多或少，受益于这种态度，时至今日，在激励一个写作者保持某种工作伦理、激情方面，它也依然有效。但问题是，态度的高亢不提供更多方法，甚至可能成为心智怠惰的一种掩盖。面对"世界驳杂万有"，表面上你还兴致勃勃、予取予求，但骨子里早已涣散多时，树立不起一个"看法"。或者可以反问，写诗怎能依据"看法"？要有所依据的话，那也该依据内心敏感、语言冲动之类。这样说说，无伤大雅，特别当真了不好。这涉及你质疑的"世界—诗"二元论的问题。

在当代情境中，将写诗等同于吃饭、日用，大概蕴含了某种批评的维度，指向那种过于紧张的较劲儿姿态。事实上，我总在纳闷的是，效忠于语言神秘性的写作，风格上往往狂放又紧绷，但在内部稳妥又放松，因为没有树立"看法"，也就没有实际的角力和担当，格外用力写出的东西其实无所用心。二元论的表现之一，就是诗与世界之间的分离又统摄，它奠基于上面提到的语言本体论，同时又是浪漫主义机缘论的一个翻版。当时世界缺乏稳定的支撑，一切只能交给偶然的、富于创造性的瞬间，置身其中，当然能体验解放的快感，但同时也非常容易被心性的、风俗的惯性俘获，这就解释了为什么在当代，缺乏"看法"的写作，总是会流于先锋的俗套，缺乏新鲜的骨干。

在这个意义上，我同意诗歌回到日常，与人伦、情理相接触，至少对我来说，这件事的价值，首要不在祛除神秘，而在为诗歌生产难度。不同于喝茶、遛狗、摆弄植物、毛线编织、为人生提供按摩一类，回到日常，意味着回到限度之中、与周遭的关联甚至论辩之中，需要树立看法和一种具有伦理关切的人格，拒绝随大流儿，拒绝自命不凡，拒绝流俗"良知"或现成直感。

②木朵：在《海鸥》这首短诗中，"我站着拍照，镜头像旋涡吸入了万有／你展翅追踪，向世界吐露恶声"中的对仗——"吸入"与"吐露"的搭配——表明摄影术也在类似诗为世界与意义服务着。与读者屡屡从你的散文中自以为看到了一个作者的确切形象不同，你的诗似乎位于一个次要的位置上，甚至可以说，诗中的真谛其实在散文的阵地里早已满地打滚，也许，知情人首先谈论的也是你作为一个文学批评家的工作。在你的诗中，有两个传递给读者的明显信号：其一，在选词方面，像"军委换了主席"（《学术与政治》）这种看似不合套路的牌经常打了出来，有最时兴的名词，也大胆使用俚语，似乎迟迟不肯进入熨帖的抒情诗规制的壶中；其二，在章节的势能（上下文关系）构造方面，更倾向于鱼贯而入，节与节之间的联系多用承续的策略，就好比为读者呈现了一个有始有终的句群，从一个关键词的抛出到它被收纳，诗似乎耐心蹲守在一旁。当一个主题盘旋得越来越迫切时，你最先在散文中思考它吗？又是否把它的来历——一个事物萌发的状态——作为诗的端倪，依序行进，直至脉络清晰才罢手？

姜涛：我对诗中的形象一直不满，局外的疏离、反讽，造成的感受偏枯，不需朋友们指出，自己也早已厌倦。可惜某种人格气质根深蒂固，加之生活视野被轨道所限，所以在"万有"之前，只能勉强维持一份游客的好奇和悲悯。为了有所突变，挂起批判的、总体的言情面具，这样的进取心，我还不能具有。这些年诗写得很少，即便写出的也一大部分进了电脑垃圾箱，就与这种困境有关。相形之下，批评文字倒是断断续续在写，所以给人留下某一类印象。诗的内容在散文里是否满地打滚，我不好说，但批评中确实有一大部分在抒发写作的烦恼，以致误解了、轻慢了他人，事后内心多少有点不安。

但你的提问倒是提醒了我，可能心里模模糊糊地，一直想写些杂文性的诗歌，不为跨越文体的陌生效果，更多想出脱深度的、感伤的自我，能比较自如地在更多的地方打滚。概论意义上的文体区分，一半出于积习的总结，一半出于人为，诗有别才，也贵在旁通。这样考虑不是没有来历，穆旦的名作《五月》中就有"是你们教了我鲁迅的杂文"一句。这样的表态，出于文学青年式的激愤，不一定有多深的内涵，但毕竟让新诗语言在一片工艺性期待中，有了一点跌跌撞撞的品格，不至于轻易走上你好我好大家好的"正轨"。刚好，最近读到西川的文章《穆旦问题》，很有意思，尖锐地提出一些问题，比如穆旦的复杂性是一种修辞的复杂、在政治上他还是一个"外乡人"等，正想好好再读穆旦，咂摸一下。怎么让诗歌拥有现实感，在修辞之外获得真正心智的复杂，穆旦这样的文学青年当年没有搞好，今天的写作不一定给出了较为活泼的方案。

关于诗中的两个"信号"，感谢费心给找了出来。第一个"信号"，显然出于自己的杂文兴趣，即便知道利用词类反差造成惊异，只是现代诗最表面化的风格，修养深厚的话，应该有所节制，可还是嗜好"掐臂见血"的辛辣，痼疾难改。侥幸的话，这样写能引发一些爆破，给经验以鲜明的轮廓，但也可能流于狡狯，助长人格的轻率。至于段落之间势能的构造，你的概括精准，让我也明朗了许多。在展开方式上，我自然倾向于后者，让动机在掌中发育生长，直至长出鳞片、口唇、鳍羽，最终能跃出去，成为一个自在形态。过程之中，不依因果逻辑，保持开放的即兴状态，也是目下一种"正确"的写作理念，可即兴不是乱糟糟地写，有情有理，歪打正着才好。可惜我心性、火候都还不够，有时难免恍惚与支离。

③**木朵**："万物伸出新的援手"（《周年》）——其中也有你对碧海青天夜夜心的暗忖，万物博杂之中依然存有新意，仿佛希望从诗歌的多项主义嬗变中又浮现新的五官，但这援手是万物伸向天台的看客的，也许看客却未曾伸出"巴枯宁的手"顺势接住、握紧。从集体的历史上看，"诗人的身份也从先知、情种、斗士或莽汉，一次次校正为智者"（《巴枯宁的手》），万变不离其宗，但从个人的创作年表上瞅，诗人的身份证是否厚于一把书签？你又是如何得心应手地跟读者、亲人解释你仍然是一位诗人？自谓"诗人"或有心态上的一波三折，仿佛这个身份是一个时间概念，有时突兀，有时又得藏掖。落实到对一次令人震撼的灾难的周年纪念，妥善的写法似乎是对这种纪念的反思，或是对灾难诗一贯写法的反观，却不是求真于一个灾难镜头的更高级的重述，想必其中也包含着"二战"以来一个诗人"加入"惨境的历史性经验。如今又一代诗人年届不惑，可谓中年写作，他们的困境是否新颖，而这困境又是否只是想象的结果？援手何在，应手又当如何？

姜涛：老兄的问题，穷追猛打，有点招架不住了。《周年》一诗，写在 2009 年 5 月 12 日，当时住在境外，从电视里看到一些画面，记起一年前的点点滴滴，就随手记下了些感受，与其说反观灾难的叙述，毋宁说是自我检讨和心路爬梳，所以才有天台上检阅万物又无从措手的一幕，对于诗之位置的看法，也可能在其中流露。重大公共事件面前，我怀疑诗歌必须有所回应的强迫症，虽然不少作者尝试的努力，不得不让人尊敬。在有限的阅读中，我自己的观感却是：一些试图有所关联的写作，因过于强化对事件的回应，反而强化了诗的不关联，原因是公共伦理并不缺少集体的印证或集体的稀释，我们今天的伦理困境，一部分就是源于这样的伦理太多、太过正当、也太容易随手取用，因而只能成为一堆社会本能和碎片，无法从根柢处紧密环抱着倔强的身心。面对电视屏幕，将苦难美学化成一行行缤纷的诗，用想象力去占领倾覆的山河，不如想想该怎样面对当夜的尴尬，怎样在尴尬的感知中挖掘与他人的关联，怎样在想象性的"万物援手"中拆除自己身上看不见的栅栏。我倒不期望"更高级"的视角出现，能轻易地鸟瞰一切，"当代诗"无法自动拔升起来，那需要更广泛的心智重建。这样一说，那首诗也不必写的，像明白人所说的，今夜做什么都太轻浮了，过了一年也仍如此，轻浮就罢了，没必要再把对轻浮的看法再"轻浮"一遍。

至于诗人的名号，需要特别维护吗？反正早晚都会写一些东西的，没什么大不了的。写诗之外，总得有点其他的营生，做媒体、做生意、做官、做老师、做艺术，诗可能是俗气人生之外的特别奇观，可写的过程真是辛苦，如只为勉强挂上一个胸牌，实在太不划算。"又一代诗人年届不惑"，这个"又"字用得好。从某个角度看，由于20世纪历史的不断颠簸，诗歌作者能持续地从青年写到老年，又一批一批换岗似地"年届不惑"，在新诗史上大概也是最近的新鲜事，多亏"盛世"已稳定了二十几年。可生理的节奏与社会的节奏从来不会合拍，上一代人发明"中年写作"的说法，不只因为年龄增长，也因为赶上外部时代与文化风格的骤然改变，部分人的头脑也足够强劲到认出了改变。社会参与的时机，如今已被大大拖延，依了现在的标准，"中年写作"在被提出时，那些倡导者在年龄上还都是毛头小伙儿。可能的状况是，如今白头诗人依然耽搁在"中年"，而少年们早已"不惑"，好像青春期集体提前到了10岁以前。这意味着不能从某个群落的特殊性角度去思考困境，如果它真的存在的话，应该是我们发呆、打盹、信口开河、彼此吹捧的共同氛围，即使不很新颖，大体也应是新鲜的。辨认出困境的轮廓，就是"援手"与"应手"的开始，在故意声张的急迫感之外，一些"水磨工夫"还是必须的，这包括"阅世"的艰苦以及非惯性的写作勤奋。

④木朵：在《在山巅上万物尽收眼底——重读骆一禾的诗论》一文中，你提到重读"二十年前"骆一禾诗学观念的重要意义，但如今的读者或许更乐于重读三十年前米沃什诺顿讲座形成的演讲稿：《诗的见证》。应当说，按照目前的品位，阅读米沃什的作品、重温其诗学观念，比起骆一禾来说似乎更为正确与开阔。比如，他谈及"现实主义"与古典主义的争吵，"永不会停止"，而且"现实主义""永远是一种抗议的声音"，而古典主义永远是主宰。如果结合你的《包养之诗》来测试米沃什所言虚实，似乎并不会出现什么差池，应当说，这首假借一个被包养的女子的口吻叩问当前社会伦理的诗，刚好是一首标准的"现实主义"诗歌。它并不在韵律、修辞上亲吻古典主义情操，而是近乎普遍化地设想了一个风尘女子的命运，尽管古典主义在描写这般女性时也有丰厚的经验。在处理一个人物的命运时，你是更倾向于谈论他的一个时点的境况，还是利用多个交织的场景编就宿命的定义？必须要下一个明确的结论了——这是写作中时时面临的强劲诱惑吧？

姜涛：你提到的文章是骆一禾去世20周年时受命完成的纪念之作。重读的说法，是针对部分的有心人，不是奢望他的文字还能风行一时，成为阅读的热点，并直接和当下写作挂钩。如果真要去读，也无须从中搜出若干牛气的说法，作为电脑桌前高挂的"诗学警句"，可以不时默念。骆一禾文章的好处是，它们不是文艺论文，作者没有模拟站在高高讲台上，对了汪洋的文学史和万千文学信众发言，而是意识到在特定时刻，诗人应该考虑在怎样一个层面展开自己的工作。换句话说，骆一禾考虑的重点，不是在一两首诗怎样施展拳脚的问题，而是在一个"方生方死"的时刻，诗歌如何从狭小的文学性、现代性中解放出来，在文明的层面铸造自身形象，并参与到当代价值的重建之中。这些论调，今天听来疯癫，所以假若重读，便不能采取正襟危坐的形式，与其说是读诗论，不如说是读历史中的难题和心境。

其实，我不喜欢"诗论"这个概念，好像可以列出一些堂皇公式，作为正确的诗歌知识，传递给他人。正确的知识，能带来某些专业化的感觉，但容易模糊针对性，比如"见证""关怀"一类言说，辗转相传，已成当代诗的套话，并不真的能帮助什么。在外国诗的接受中，其实也有类似的问题。世界诗歌的"伟大传统"，在所谓"欠发达地区"先锋诗歌的成长中，扮演过教父的形象，"影响的焦虑"如今应该不再明显。重要的不是写出具有发达国际特征的诗歌，当代诗的动力系统早已重置。再说，"伟大传统"无法缩减为"国际风格"，那种脱离文脉和情境的翻译和阅读，不是最好的方式，不能准确了解他人不说，可能还耽搁了自己。现实与古典之别，就文学技巧争论无益，背后是世界观的分歧，现实主义奠基于现代的理性个体，面对的是一个分崩离析的伦理情境。这样的个体造型，自然问题多多，时下不少人正试图有所修正,"古典"维度大概是参考资源之一。这样的努力,理论性可能多于现实性,但我们乐于看到更多成果。

那首小诗有点打油味道,从未想过归入某个类型,写作时没有想到要映射什么,只是构造一出微观戏剧,态度隐含在轻佻与克制造成的语气中。上面提到杂文性的诗,祛除了多余火气,也可做"杂事诗"看待,能在成规的文学性眼光之外,保持一点随意和乖张的日常政治性,其中涉及的某个形象再有普遍性,最终还是具体邻里生活的杂凑,能叠现什么更好,却不是乐趣的重点。过去写诗,也羡慕前辈诗人的博雅,能不时将生活片段与经典人文场景穿插,以显示内在文学自我的壮大,这种写法也在目前戒除的范畴之内。

⑤**木朵**:写一种不同于以往的诗——这也许是不少渐入佳境的诗人在转型期的愿望。或不同于旧我,或不同于烂熟于心的文学史套路,或迥异于上次一首诗的道德角度,或有别于同代作者思辨的程序……不尽然是风格的新造,却事关一首诗的立足之本。读者判断你的诗风,往往采取的措施是,先找到类似这类风度的其他诗人,后甄别彼此之间的界限,观察你能否逃脱一支系马桩对缰绳的引诱。"仿佛此行只有冲动,没有路线"(《我们共同的美好生活》),想必是你并不预定一段行程,也不担心却步于一线天。较多地涉足火热的当下生活场景,一帧帧画面滚动播放似的,是否算得上一次貌似遵守实为回避的必要行踪?一些词、复述的一些镜头都携带着微微调侃、丝丝疲倦,把自己的风格反复装框,乃至于读者好奇一问:这些谐趣诗反复播放的是同一首哀歌,它们究竟为何?莫非是它们的作者已经绝望于以史为鉴?

姜涛：这样的问题，我也总在问自己，它构成了所谓"困境"的一部分。写不同于以往的诗，对于有过一段写作经历的人来说，多少是个"心结"，老朋友见面，倘若彼此有所新变，必定相互道喜，缺乏其他的"立足之本"，这种状态颇有喜剧性。问题是，只是有冲动，没有路线，最后可能连冲动也会没了，所以老实说不是不想"预订行程"，信马由缰地交给偶然性，那是公子哥们的派头，关键是"路线"真的还有些不明。对"差异""个性"的渴望，是当代写作最正当的动力之一，但正像老兄所言，这"不尽然是风格的新造"，在语言中拉长、揉圆、挤扁了自我，并不等于真的在镜外再造了"旧我"。回来说自己的，"貌似遵守实为回避"，这个判断挺到位，那些微微、丝丝的语气，都多少与这种有所关注但无力介入的态度有关。读者的疲倦不说，作者自己也在省察之中，文字中经常出现"摄影"一类动作，或许正是自我意识的流露。

⑥**木朵**：在回应北岛的一次谈话中，臧棣把你列为当前最好的文学批评家之一；而在萧开愚写得极为精彩的一些文论中，作为一个比他年轻的同行，你的论述及文风可谓是分享了他写作前的那一阵思想的最高风暴。很醒目地，你已经变成了人们谈论、比较的一个交集的居民。事实上，在很多与你沾边的话题中，你是必须做出抉择站到哪一边的，各方当事人都期待了解你的态度、立场。可是，在很多更为紧迫的评价关系中，你的表态似乎是阙如的，也就是说，你要么在概括文学景观的全貌，要么在谈论一个更早时期的诗人风骨，你并不急于对一本新诗集发表看法，也不对突然发生的诗歌个案密切关注，除了在你的诗中读者还能听到那准确的时钟。与一些天资卓越的诗人酷爱"诗歌的诗歌"（要

么是平方，要么是开根号）不同的是，当前的文学批评似乎缺乏"批评的批评"。最好的诗学散文应保有哪几个方面的特征？

姜涛：先谈谈"诗学散文"的看法，什么是"最好"说不准，毕竟方式各异，与其他类型的写作相比，大概没有根本的差别，总之才情洋溢的同时，还要知人论世、有所洞见。有时，文字适当飘逸，思路适当繁杂，有助于唤醒阅读的胃口，但太玄乎了不好，该有起码的可交流、可阅读性。我写的一点相关文章，多半出于朋友邀约，能写出的也只是自己有所感受的部分，很多体大思精的创制，自己没什么把握的话，一定不会乱说。虽然自己喜欢卖弄一些思辨的句式，但没什么角色设定，加上其他"本职"工作，占用了大部分脑力，因而很少针对热闹的现场主动发言。很是羡慕那些分心有术的朋友，我却不行，大脑无法同时播放两个以上的频道。我还不怎么上网，经常来往的，只是少数"亲朋故旧"，从未以"场内人"自我要求，当下发生了什么，往往隔了段时间才听闻。保持与各类诗歌事件、人物的即刻关联，自认还没那样的责与权。

再说了，批评是什么？追踪报道、相互提点、笼统归类、闷头发骚发玄，只属于批评的一类功能，怎么着，它还要有一点更长远的抱负，比如：为写作扩张出严肃的精神氛围，褒扬真正有前景、有创造力的方式，粉碎文字的外表重建问题的空间，鄙视自我炒作、颐指气使、胡搅蛮缠。诗歌批评长久不能赢得诗人的尊重，原因很多，其中之一就是，批评者的独立意识还要加强。"批评的批评"，在某些文学"行当"中，早已有成熟的生产流水线。在当代诗的领域，也不是没有好的成果积累，冷霜在十几年前完成的《90年代诗人批评研究》，对于20世纪90年代的诗人批评就有非常细致的辨析。目前很想读到类似敏感、耐心的文字，以及对各类烂熟批评套路一针见血的再批评。

⑦木朵：仿佛历来就有这么一种批评的风气：年长诗人较少撰文谈论一个后起之秀的作品，反过来说，一个后来者却必须通过细读前人的代表作或典范性作品，借助一次次觉悟上的翻新，才能完成成长中的脱胎换骨，才具备一种闯入其中的才能。这里一直还有一个观念上的障碍：批评意味着出手相助，意味着一份人情，而批评者因为自己的劳作，很可能让被批评者心存感激，就好像找到了一个恳切的读者、一个知情人，乃至获赠了一位知音。反过来说，是否又可以这么说：唯有经得起后来者的"折腾"，一读再读，一位成名诗人的声誉才真正澄明？如果一位批评家把自己的声誉绑定于为一位未名诗人的风格轮廓或响当当做出一个断言，就意味着批评在下一步险棋？

姜涛：艾略特的一个说法，我觉得很有底气，包括诗歌在内，艺术可能从未进步，它只能分解、衰败、再生，或者干脆推倒重来。从他的角度看，那种受制于文学史幻觉的批评，那种总是在前辈与后辈、老旧势力与新兴势力之间把握关系的批评，肯定有点低级了。早就有人说，诗歌圈子内部流行着文学史焦虑，这当然是很健康、很励志的一种焦虑，但过于信赖文学史的权力不太好，过于信赖文学史背后的进化观念更不好。我自己的"本职"工作之一，就是和文学史打交道，知道文学史体例本身的历史，在中国不过百十来年，有了外来的教育和知识体制，才有了生产和消费的需要。说不定哪天取消了文学史这门课及相关考试，也就没人再费心去炮制。在圈点、排序、塑造声誉和污名之外，批评的方式还有很多种，比如像美国的强力批评家那样，只在强力的诗人之间辨认谱系，再比如像艾略特那样，将文学理解为一个外在于历史的伟大共时体，批评的工作就是阻止这个共时体的堕落、分化。

我这样说，不是否认同行之间彼此关注的重要性，诗人是孤独的一群，没了相互的鼓励、认可、指摘，那不就更孤独了？最近，不少朋友都提到传统的"知音"观念，看来那种市场化的按需订制的批评，大家都厌倦了，即便忽悠了承诺，可以预约未来的文学史坐席。

⑧**木朵**：如何谈论"自然"——这俨然成为衡量一个当代作者对古典主义认识水平的尺度。我们总是抛出各种各样的尺度，以便测听自身所处的位置。在王东东《姜涛的诗歌写作之道》一文中，王东东有一个关于你作诗诀窍的判断："从观察者的角度，他不时将生活和自然类比，从而进入了时代生活的秘密。"他提出了三种自然的形态："作为诗歌材料的自然，成诗过程中的自然，作为诗歌产品的自然。"如果你想在诗句中用到"青山"或"田野"这类附着自然气息的字眼，第一反应可能不是对它们形象的更为确切的把握，而很可能是变成了对有关它们的意识的历史进行搅拌，于是，"青山"或"田野"变成了承载新颖的字面意义的函数：它们力求出奇地看着人。而一种更为紧迫的情况在于，"青山"或"田野"在句群中越来越像是一个装饰，而很难成为披金戴银的主角了。有没有一种可能性：一分为三的"自然"重新聚合，诗人重返正道，不再迷恋观念上的盘根错节？

姜涛：东东的文章写在多年前，感谢他的细心，我自己旁观，那种生活与自然的类比法，确实用过一些，可是说不上什么"诀窍"。古典主义关心"自然"的方式，与我们今天的方式，有很大的不同，至少在他们那儿，自然还不是燃烧野性充满无限可能的麦田。我们今天对自然的态度，大概更多是浪漫主义的，既作为沉思、怀旧的对象，又作为自发、有机的美学尺度，与自然相关的人道情怀、乡愁主题、田园趣味，结合了绿色的生态包装，也是诗人和读者偏爱的广大领域。在写作中，因自小生活在城里，我与乡村或自然的道德优势、美学优势一直无缘，所能书写的主要是城市的生活，最多能扩展到城乡结合部，以后估计也要这样写下去。如果涉及自然的话，我倒愿意尝试古典主义的方式，将自然看作恒常、残酷、非人化的天道，我们的事业、我们的存折和房产、我们的家庭内外、我们的诗歌界，都作为自然的一部分琐屑在大地上漂浮、循环。

一些与自然相关的词，的确在我诗中不时出现，像"青山"就用过一两次，当时没有想到去搅拌历史，其实只是即目所见。我生活的区域在北京西北部，春秋两季，只要天气好，抬头就能看见远处的一抹山。我如今住得更高了，住在21层，北京城的最北边，窗外又无任何建筑遮拦，大晴天，一眼可以看进昌平县，不仅能看到环抱北京的远山，甚至能看见山间一段闪耀的公路。久而久之，在一两首短诗构成的私生活戏剧中，这些山反而像是窗外的观众了。

⑨**木朵**：对于很多壮年诗人来说，写一种智力诗几乎算是新诗值得尝试的一个大类别，我们希望在诗中开展缜密而妥善的思辨，真正抓住语言那张弛有度的秘密之弦，比如我们期待自己的周围有一个像史蒂文斯那样的诗人，或者是保罗·策兰那样的诗

人，无法准确概括他们各自的风格类型，可我们能够明确无误地感受到他们传递开来的那种特定的人情味；我们恨不得快点找到一个与之媲美的中国诗人，以证明我们所操持的语言能够奋力挣脱一个框架而奔向下一个领域，甚至，我们在心目中希望自己就是这一个佼佼者，完美地实现史蒂文斯或保罗·策兰的本地化，而且又体现明显的区别。你认为，就这两位外国诗人的写作主题与智力而言，我国当代诗人中谁可堪比肩而立？或者说，我们现阶段可以从哪些角度部分地实现对他们嶙峋风格的一次包抄？一个奇妙的反应是，当一位诗人暗忖要像史蒂文斯一样写时，他的诗句成分、结构就会有意识地偏倚某一种感觉，这种先入为主的影响力既朦胧又执着，即便是他心目中想象的风格其实源自保罗·策兰。

姜涛：史蒂文斯是我早年的阅读对象，近年来很少温习，保罗·策兰现在好像影响很大，如同里尔克在 20 年前。无论怎样，还是上面说过的，对大师身影的瞻仰、摹习，对当代诗的推动作用再不是决定性的，说起大师的名字，不一定还会有催眠式的效果。中国当代重要的诗人已发展出了各自的本地风格，本地的嶙峋也早已蔚然可观，况且周遭的山水人文社会迥异，说某某是汉语中的史蒂文斯、汉语中的策兰，不一定是恭敬，反而有可能冒犯。再有，当代写作的参照系统该更多元一些，从中外诗歌、中外艺术、中外学术到中外的各种古怪，各人也都有自己的营养系统，自己秘密的电缆和输油管。我中学时代开始读外国现代诗，如帕斯捷尔纳克、艾略特，但当时最崇拜的人是马三立。

原载《当代诗》第三辑，2012 年 5 月

后　记

在大概9年前的一篇文章中，我曾对写诗事业不很景气的原因做过一些说明，最后很豪迈地说，如不能写出理想的"包含张力，并构筑视野"的诗，即便放弃"也未尝不是一件好事"。好在没能一语成谶，后来还在断断续续地写。只是数量却一直稀少，以至应邀参加诗歌节或朗诵会，挂上诗人的"名牌"走来走去，总有一种招摇撞骗的感觉。

自我安慰的话，这不完全是因创作力的衰减，学院式的学术写作已杀死了大部分脑细胞，隔三岔五的当代诗评说，又消耗了不少怨愤的激情，不能持续地、更多地写诗，大概属于中年常态。看当今诗坛上一派欣欣向荣，新老作者全身心投入，或渐入佳境，在缜密中磨砺语言锋芒，或纵横开阖，有更宏伟的施展。相形之下，自己反倒保持了一种业余的即兴状态，在大部分时间里，甚至忘记了写诗这档子事。只在特定时刻，才率尔操觚，偶然奋起，这样的时刻，即使在一年中也未必能有几回。

业余归业余，即兴归即兴，其实也不乏较真的努力。比如这些年，我发现自己一直在试图写某一种杂文性、杂事性的诗，在日常生活的纹理中，把握时代变动的氛围，探讨公私情感的疑惧与错综。这里的"杂"，当然相对于现代诗的"纯"而言，这不单是指曾有的"纯诗"理想，也泛指特别看重诗歌语言特殊性的传统。诗有别才，贵在旁通，诗兴发动的时候，沿了杂事的路径，难免偏差成一种别样的小品，但希望它能于抒情、象征之外，也能容纳牢骚、反省、意外的打岔和泄气。因而，所谓杂文、杂事，指的是经验范围的松弛、不严谨，不一定关乎性命天道，也不特别讲求开掘深度的内心，但从身边的琐碎困窘写起，最好的状况下，也能联动他人、家庭、社会，保持一点语言中的日常政治性。

在想象力荷尔蒙下降的时期，我意识到这种杂文诗、杂事诗，也只好是一种"轻体诗"，但依了奥登的理解，"轻"不单意味了风格层面的轻盈、轻逸，它或许与一种社区生活的经验相关，在社区之中，诗人和读者分享实有性的亲密，不盲目追求抽象的匿名性，因而也能不悖常识，轻松且正面地交谈。我常年生活在北京五环外，风沙扑面、遍地狼藉，早有了"扎根"的打算，在封闭居室和城郊现实之间，也刚好有一片自营的经验区域。诗集中最近的一辑诗，就被命名为"郊区作风"。

最后，要向读者致歉。除了少数近作，这本集子的大部分作品，都收入过此前出版的两三本诗集，其实本没有再次汇集的必要。但"大雅诗丛"实在是好，从设计到印刷，都满足了我们对诗歌朴素、庄重的期待。感谢广西人民出版社的热心邀约，也让我有了忝列的机会。

图书在版编目（CIP）数据

洞中一日 / 姜涛著.—南宁：广西人民出版社，2017.11
（大雅诗丛）
ISBN 978-7-219-10354-8

Ⅰ.①洞… Ⅱ.①姜… Ⅲ.①诗集-中国-当代 Ⅳ.①I227

中国版本图书馆CIP数据核字（2017）第214331号

洞中一日
姜涛 / 著

出 版 人	温六零
监 制	白竹林
责任编辑	吴小龙 许晓琰
责任校对	陈 威 张莉聆
整体设计	刘 凛（广大迅风艺术）
肖像作者	黄 荣（《塔社》阿非工作室）

出版发行	广西人民出版社
社 址	广西南宁市桂春路6号
邮 编	530028
印 刷	恒美印务（广州）有限公司
开 本	880mm×1230mm 1/32
印 张	8
字 数	193千字
版 次	2017年11月 第1版
印 次	2017年11月 第1次印刷
书 号	ISBN 978-7-219-10354-8
定 价	39.80元

版权所有 翻印必究